AF220928

Stelio Cotugno

Neapel - Eine Stadt voller Geschichten

Humorvolle Kurzgeschichten rund um eine neapolitanische Familie

Bibliografische Information der Deutschen Nationalbibliothek: Die Deutsche Nationalbibliothek verzeichnet diese Publikation in der Deutschen Nationalbibliografie; detaillierte bibliografische Daten sind im Internet über http://dnb.dnb.de abrufbar.

Herstellung und Verlag: BoD – Books on Demand, Norderstedt

ISBN: 978-3-751-99742-3

FÜR MEINE ELTERN, EVA UND VITTORIO,
MEINEN BRUDER STEFANO
UND FÜR MATRIXE

INHALT

SAPORI DI NAPOLI

Wie sollte es wohl anders sein? Natürlich beginnt die Reise durch meine Geburtsstadt Napoli im kulinarischen Bereich. Begleiten Sie mich, durch die Töpfe der neapolitanischen Küche und ihrer Gerichte. Variationen an frischen Lebensmitteln, viele in der fruchtbaren Erde des Vesuvs gewachsen und unter der Sonne des Südens gereift.

Schon zu Beginn stehen wir vor unüberwindbare Hürden. Hürden der Zeit. Bereits die alten Griechen und Römer kannten eine Fülle an Hülsenfrüchte wie Bohnen, Linsen, Kichererbsen, Eintöpfe aus Gemüse, diverse Kohlsorten, Grünkohl, viele Arten von Broccoli nicht umsonst werden die Menschen im Süden oft verächtlich als „Gemüsefresser" beschimpft. Rund um den Vesuv ist die Erde besonders fruchtbar, so bietet sie das ganze Jahr über, ein vielfältiges Angebot an Obst und Gemüse.

Wie zahlreiche Fresken an den Wänden der Häuser in Pompeji und Hercolaneum belegen, gab es damals bereits eine große Auswahl. Die sogenannten „armen Speisen" wurden später oft Gerichte, die ihresgleichen suchten an Geschmack und Frische. Oliven, Käse, frischer Fisch aber auch zahlreiche in Salz eingelegte und so konservierte Speisen wechseln sich ab mit frischen Pilzen, Feigen, Trauben, Datteln oder meinen geliebten Nespole (Mispeln). Saucen, wie das „Garum" aus fetten in Salz eingelegten Sardinen wurden zu Fisch und Fleisch gereicht.

Wechseln wir nun in die Gegenwart, finden sich gewisse Gerichte wieder. Allein die Variationen mit Hülsenfrüchten wie „Pasta e fagioli" oder „Pasta e cecci" „Pasta e patate" sind nur einige Nudelgerichte mit Gemüse, aber auch Fleisch kommt natürlich nicht zu kurz. Würste, salsiccie genannt, verfeinert mit Pfeffer, Pistazien oder gewürzt mit wilden Fenchelsamen schmecken wunderbar mit friarielli, einer Unterart von Kohl- Broccoli Gemüse. Sogar auf der Pizza trat diese Kombination seinen Siegeszug an. Unerwähnt bisher Artischocken, zartbitter im Geschmack, gefüllt als Beilage zu Fleischgerichten oder mit Pasta als „primo piatto" ein gar königliches Gemüse. Die Neapolitaner lieben es, ihr Gemüse, ihren Käse, ja sogar die Pizza in heißem Öl zu frittieren.

Zahlreiche „primi" (erster Gang) zeugen davon. Zucchini, Melanzani neapolitanisch „Mulignani", entweder in Scheiben mit Mehl frittiert mit Mozzarella, Cacciocavallo oder Provolone werden entweder paniert und wie Zucchiniblüten in Bierteig und heißem Öl frittiert. Gewürfelt werden Melanzani auch mit Sugo zu diversen Gerichten wie Pasta al Forno (Nudeln im Ofen) oder die bereits beschriebene Parmigiana. Es gibt unendlich viel Auswahl an Gemüse: Karfiol, Erbsen, Karotten, Hülsenfrüchte, Bohnen wie die Fave, die köstlich schmecken.

Ich erinnere mich zu Ostern beim Nonno am Sonntag wurden Berge davon mit Salami, Brot und Käse als Vorspeise gegessen mit einem leichten Tropfen Wein aus dem Keller vom Nonno, während in der Küche schon seit Stunden das Ragu langsam vor sich hin köchelte.

LA MANO MORTA – DIE TOTE HAND

Im Italien der Nachkriegszeit war es nicht einfach das andere Geschlecht kennenzulernen. Im Haus, wo mein Vater aufwuchs, wohnten drei Generationen. Die Großeltern, seine Eltern und 6 Kinder. Es gab nur ein Schlafzimmer, kein fließendes Wasser und als Toilette hatte jeder einen Baum, wo er seine Notdurft verrichtete. Sein Großvater starb unter einem Baum, jenseits der 90, als er im Dunkel der Nacht seine Notdurft verrichten wollte. Er wurde von einem US-Soldaten erschossen.

Obwohl alle auf engstem Raum zusammenlebten, hatte mein Vater seine Eltern nie nackt gesehen. Geboren 1940, mussten alle am Bauernhof mitarbeiten. Kinderarbeit war kein Thema. Er war der jüngste Sohn und bis auf seine Schwester, Zia Maria, waren alle älter. Mann und Frau waren strikt getrennt. Frauen durften keine Weintrauben stampfen, da der Aberglaube besagte, dass der Wein sonst kippen würde. Meine Mutter war die erste Frau, die naiv und unbekümmert den Weinkeller betrat. Die Sechziger waren sehr prüde, nackte Haut ein Skandal. Nach und nach brachen die alten Strukturen langsam auf. Mein Vater und seine Brüder waren als Geleitschutz mit, wenn eine der drei Töchter eine Verabredung hatte. Es gab weder Aufklärung noch irgendwelche Umarmungen mit dem anderen Geschlecht, ganz zu schweigen von küssen oder mehr. Wer mehr wollte, musste in die Unabhängigkeit, dies war auch der Grund, warum es die Männer der Familie in die Ferne zog.

Zum einen entzog man sich der Kontrolle und zum anderen hatte man da und dort schon gehört, dass die Sitten und Frauen der anderen Länder lockerer waren. Das Kino und Sophia Loren mit viel nackter Haut verfehlten ihre Wirkung nicht. Das Blut der jungen Männer war in Wallung. Hollywood und die ersten entblößten Touristen taten ihr übriges. Einsam reisende Damen aus dem Norden, Inländische wurden ja gut bewacht, boten so die Möglichkeit sich einer Frau überhaupt zu nähern, einen Kuss zu erhaschen oder gar seine ersten Erfahrungen zu machen. Mutter erzählte oft die Geschichte, als sie mit Vater auf Capri spazieren ging und plötzlich die Stimme einer älteren Dame "Vittorio, Vittorio!" süsselte. Meine Mutter sagte zu ihm: "Vittorio, da ruft dich jemand." Vater verneinte, betonte die Dame nicht zu kennen und alle drei ließen die Sache auf sich beruhen. Sie musste jedes Mal schmunzeln und mein Vater ließ es mit einem Lächeln über sich ergehen. Vater hatte seine ersten Erfahrungen mit allein reisenden Touristinnen gemacht. Ein italienischer Gigolo – und Mutter brachte die Moderne.

Uns fragte er immer, ob wir schon „la mano morta" – „die tote Hand" ausprobiert hätten, wenn wir mit einem Mädchen im Kino waren. Er sagte: "Ganz einfach, im Dunkeln legst du die ‚tote Hand' auf ihren Schoß, entweder lässt sie die Hand dort liegen oder du riskierst eine, aber du weißt sofort, woran du bist!" Mein Vater war ein Mann der Tat. Wer heikel war, kam auf die Ersatzbank, nicht nur damals. Wie heißt es so schön: "Zu Tode gefürchtet ist auch gestorben."

IL PALAZZO DEGLI SPIRITI

Wir fuhren die schmal asphaltierte Straße von Marechiaro hinauf, vorbei an der kleinen Siedlung „la Siberia", die wohl wegen ihrer Abgeschiedenheit (man konnte nur über eine kleine befestigte Straße hinunter gelangen) den Namen „Sibirien" trug, aber auch deshalb, da dort einige Menschen wohnten, die etwas „anders" waren. Ich erinnere mich, mein Onkel Ciro wohnte auch dort, er war der Bruder meiner Nonna und war homosexuell. Er kam uns oft besuchen, auf der Via Manzoni, wo wir wohnten, denn mit meiner Mutter konnte er offen über alles reden. In den Vierzigern hatte er es sicher nicht leicht in Neapel! .

Ich erinnere mich: Wir Kinder waren gern dort, der Fernseher lief immer, es gab Süßigkeiten und jede Menge Freunde zum Spielen.

Die „Discesa Marechiaro", wo Nonno früher wohnte und nun der Zio Enzo, war hier mit großen, glatten Pflastersteinen ausgelegt und wechselte immer wieder mit der asphaltierten Straße. Abwärts führte sie bis zum Meer und dem berühmten, besagten und vielbesungenen finestrella (Fenster) von Marechiaro, von dem Schriftsteller Salvatore di Giacomo.

Die Via Posillipo, die am Hafen von Margellina in die „Via

Carracciolo mündet mit ihrer Promenade dem Meer entlang und den vielen kleinen Bars und Chalets, führt stadtauswärts hinauf, bis zu der Via Manzoni. Diese schlängelt sich parallel den Hügelkamm entlang bis zum Vomero, einem der höchsten Punkte Neapels. Dort führt dann die „Funiculare centrale" die Standseilbahn wieder hinunter. Sie verbindet den Vomero mit der Via Toledo, der langen Einkaufsstraße im Zentrum.

Der Meeresspiegel in Neapel war von jeher starken Schwankungen unterworfen. Dies zeigt auch die alte Römersiedlung in Baiae, deren antiker Hafen und Villen unter dem Meeresspiegel liegen. Ein archäologisches Schutzgebiet – die Unterwasser Archäologie Welt. Die phlegräischen Felder, ein riesiger Vulkankegel, hat die Küste und den Meeresspiegel immer wieder gehoben und gesenkt. Das beweisen alte Ruinen entlang der Küste, die entweder knapp am oder unter dem Meer liegen. In Marechiaro gibt es z.B. „Il Palazzo degli Spiriti", eine Ruine direkt am Meer. Eine alte Villa aus der Römerzeit, die nun von den Jugendlichen dazu benutzt wird, um aus verschiedenen Höhen ins Meer zu springen.

Ich erinnere mich, als wir einmal mit Zio Raffaele dort fischen waren. Wir saßen in einem kleinen Ruderboot und uns war übel, denn das Boot schwankte auf und ab. „Zio Pappele", wie wir ihn nannten, packte ein riesiges Panino aus, teilte es in drei Teile und sagte: „Esst, dann wird euch gleich besser…" und wirklich - oh Wunder - die Übelkeit war wie weggeblasen! Er sagte uns: „Wenn du was isst, ist der Magen beschäftigt und denkt nicht an die Übelkeit." Da fällt mir mein Nonno ein, der das hartgewordene Weißbrot im kalten Wasser immer einweichte und dann mit Tomaten, Salz und Olivenöl aß und zu uns sagte: „Seht ihr, wir Neapolitaner sind so sauber, wir waschen sogar unser Brot!"

EL RINDOLO UND ONKEL SCHMATZI SCHMATZI

Neapel, September 1969. Sonntag, ein Koloss 58 cm 4,20 kg erblickt das Licht der Welt. Was für eine Aussicht!

Ich auch natürlich, aber ich meinte Neapel! Im Spital nennen sie mich aufgrund der Größe den „caposala" (Chef vom Saal) und meine Eltern gaben mir den Namen Stelio. Leider schützt Größe nicht vor Viren. Kurz nach meiner Geburt bekam ich eine Grippe und gegen diese die damalige neue Wunderwaffe, ein Breitband-Antibiotikum. Dies kostete mich später meine Zähne und Jahre danach meine Fertilität. Ciao ciao Bambini... Ich nehme es sportlich - es ist was es ist.

Eineinhalb Jahre danach kam „Ga" mein Bruder mit 4,60 kg. Da ich erst mit drei Jahren zu sprechen begann, war er für mich einfach Ga. Meine Eltern gaben ihm den Namen Stefano.

Eine Anekdote noch zur Größe. Österreich, Anfang der achtziger: Wir hatten eine Katze namens Minka. Sie wurde trächtig, die Kleinen waren zu groß und wir fuhren mit ihr zum Tierarzt. Minka brachte drei große Katzenbabys zur Welt. Unser Tierarzt bestätigte die ungewöhnliche Größe und dass wir gut daran getan hatten, mit ihr zu ihm zu kommen. Mein Bruder erwiderte darauf: „Wissens Herr Doktor das liegt bei uns in der Familie. Wir sind auch per Kaiserschnitt zur Welt gekommen." Schallendes Gelächter war die Folge.

Unsere Mutter war das erstgeborene Enkelkind ihrer Generation, danach kam Onkel Heinzi, ihr Cousin. In Wien der vierziger wohnten sie alle gemeinsam in unmittelbarer Nähe und wuchsen auf wie Geschwister.

Nun zurück nach Neapel. Anfang der siebziger. Die ersten Jahre, Vater als Kapitän oft unterwegs auf hoher See und selten zu Hause. Wir waren dankbar für jeden Mann, der unser Haus betrat. Es gab immer viel Besuch aus Austria, alle wollten Neapel, Capri, das Meer und den Vesuv sehen. Onkel Heinzi hatte noch zwei Brüder. Onkel Peter, Schnauzer, Vokuhila, ein Hühne, ein Wikinger von einem Mann, Onkel Pippi, der eigentlich Ferdinand heißt, drahtig, sehnig und immer in Bewegung. Humorvoll und immer lustig alle drei. Onkel Heinzi ähnelte unserem Vater. Seine Frau, die Tante Eva hieß wie meine Mutter, ein wunderbarer Mensch!

Unsere Wohnung bot genug Platz, Matratzen waren schnell aufgelegt, alle kamen uns besuchen. So entstand zu dieser Zeit mein erster Spitzname. Zähne waren fast keine vorhanden und mir fiel es schwer die harte Brotrinde zu kauen. Aber wer heikel ist, bleibt über und so entwickelte ich eine praktikable Technik. Ich aß mich durch die weiche Mitte, während die harte Rinde wie die Schale einer Melone überblieb. Onkel Heinzi hatte sofort einen Spitznamen parat, ab nun war ich „El Rindolo."

Unser Onkel bekam auch schnell einen Spitznamen. Wir unternahmen viele Ausflüge, Wanderungen und der Hunger blieb nie aus. Alle liebten gutes Essen und den süditalienischen Wein. Jedes Mal, wenn es Zeit wurde, irgendwo einzukehren oder Mutters Lasagne zu verputzen, kamen die Zauberwörter aus seinem Mund: „Gemma schmatzi schmatzi!" Da wussten wir, jetzt gibt es etwas zu essen und so kam es, dass aus Onkel Heinzi, der Onkel Schmatzi Schmatzi wurde.

KINDHEIT IN NEAPEL

Zu den Feiertagen habe ich einige Tage bei meiner Mutter verbracht wir sprachen viel über alte Zeiten. So auch über unsere Kindheit, über „Ga" und wie es kam, dass ich einer jungen hübschen Dame in den Allerwertesten gebissen habe. Aber alles der Reihe nach. Wie bereits an anderer Stelle erwähnt, begann ich erst mit etwa drei Jahren zu reden. Davor hatte meine Mutter mich mit gemischtem Deutsch/Italienisch nur verwirrt. Bewegungsmäßig gesehen war ich ebenso kein Frühstarter. Wenn es etwas gibt, dass in Opposition zu „Hyperaktivität" steht, dann traf dies voll auf mich zu.

Die Versuche meiner Mutter mich mit neun Monaten zum Sitzen und Krabbeln zu bewegen waren kläglich gescheitert. Meine Qualitäten sollten sich andernorts entfalten. Mit eineinhalb Jahren kam Ga zur Welt, mein Bruder. Ga war diese manifestierte Opposition zu mir: Wie ein Fisch im Aquarium, lief und sprang er bereits mit neun Monaten im Gitterbett herum, sprach, sang und schrie immer, eben „Ga!". Wenn mit Ga etwas nicht stimmte, lief ich zu unserer Mutter und zog sie am Rock: „Ga!" Da wusste sie, mein Bruder ist wach.

Ein anderes Mal auf Ischia. Wir waren mit Mutter einkaufen. Der erste Weg führte uns zum Metzger, der draußen ein großes Kuhfell gespannt hatte. Ich fragte Mutter und sie erklärte uns, dies sei das Fell einer Kuh. Na gut, soll so sein... Wir gingen weiter, als ich eine Dame erblickte und ganz laut und freudig sagte: "Schau Mamma, die Signora hat auch ein Kuhfell an!" Die Signora drehte sich um und warf uns einen echauffierten Blick zu, immerhin trug sie einen teuren Pelzmantel und kein Kuhfell.

In Neapel wohnten wir in der Via Manzoni im Stadtteil Posilippo. Wie in ganz Italien üblich, bekommt man die Dinge des täglichen Lebens gleich in seiner direkten Umgebung. Bei so einem Einkauf trug es sich zu, aufgrund der Konkurrenz (Ga) und der Klarheit meiner Mutter, war ich mittlerweile der italienischen Sprache mehr als mächtig. Ja die Macht hatte Besitz von mir ergriffen. Ich hatte die Angewohnheit entwickelt, mit nach hinten verschränkten Armen, wie ein Eisschnellläufer, geruhsam hinter Mutter zu gehen, - im Beobachtungsmodus.

Als sie beim „Fruttivendolo" (Obst und Gemüsehändler) Äpfel kaufte, segnete die Papiertüte aufgrund des Gewichts das Zeitliche und die Äpfel fielen zu Boden. Der Fruttivendolo sah mich an, als ich ihn dabei beobachtete, wie er die Äpfel aufhob und sagte: "Komm, hilf mir doch mal!" – Da antwortete ich wortgewandt: "Erstens arbeite ich nicht für dich und zweitens sagt man ‚bitte'!" Und das von einem Dreijährigen! Da zeichneten sich bereits erste Konturen ab… Ach ja, der Biss ins Hinterteil!

Wie es scheint, war mir eine Vorliebe für Ästhetik in die Wiege gelegt, ich liebe Rundungen aller Art. Wir waren am Meer, direkt in Neapel. Der Strand war ziemlich voll und neben uns lagen zwei junge Frauen, bäuchlings vertieft in ihre Bücher. Plötzlich ein Aufschrei. Stelio hatte einen Moment der Unaufmerksamkeit genutzt, war zielstrebig zu der jungen Dame nebenan gekrabbelt um ihr genussvoll in den schönen, runden Hintern zu beißen.

ES IST NICHT LEICHT, EIN BRUDER ZU SEIN!

Kindheit - auf einmal ist da noch einer! Eben noch King of the Hill und plötzlich ist da ein Bruder „so liab" mit einem Lächeln, dass die Grinsekatze neidig wird und beliebt bei Alt und Jung. Sein Charakter und die mittlerweile gewachsene elterliche Routine erledigen den Rest. Die erste Feuertaufe (er ist gekommen, um zu bleiben) in der „campagna vom Nonno" (Großvaters Bauernhof). Wir wollen eine Falle bauen und die Harke landet auf seinem Kopf. Alles geht glimpflich aus und während er beim Arzt von seinem Abenteuer erzählt, wachsen bei mir Schuldgefühle und schlechtes Gewissen.

Kindheit die II. 1977 landen wir plötzlich und unverhofft bei Oma in Straßhof – Kulturschock! Wir denken nicht viel und „Big-Jim" hilft uns über die ersten Wochen. Als Belohnung gehts zur Tante am Baggerteich, zwar kein Meer aber immerhin nass.

Wir stürzen uns mit einem lauten fortlaufenden „scheissmioh" ins kalte Wasser. Mutter holt uns und fragt, ob wir wissen was das eigentlich bedeutet. Nein aber die Oma sagt das immer! Eine kindgerechte Erklärung folgt: „Was die Oma macht so oft in die Hose." Die Jahre vergehen, der Wortschatz wird größer. Mutter erzählt später von der Diskrepanz. Ein Tag, ein Herz und eine Seele, beim Frühstück Servus Steli, servus Stefi, na gut geschlafen? Nächsten Morgen reicht ein verwerflicher Blick und eine gegenseitige Anerkennung „servas blada." Mein Bruder ein Fisch, immer in Bewegung, ganz nach dem Motto: „Was stillsteht, ist tot." Meine Herangehensweise ähnelt mehr östlicher Philosophie: „Weht der Wind auch noch so stark, das Gras verharrt und beugt nur seinen Kopf."

Etliche unvergessene Mutproben, drei Meter Brett im Freibad, "na do spring i net oba, na kumm" versucht er mich mitzureissen und zeigt es vor! Ah, jo super! Winter, Rodelberg, wir bauen eine Schanze, getreu dem Motto je höher, je weiter, je besser.

Ein Sommer wieder einmal am Baggerteich. Das Haus besitzt nur eine Senkgrube und kein Kanal. Der Onkel streicht den Deckel neu und sichert die Grube vermeintlich mit zwei Kisten und einem Brett. Wir spielen verstecken mit der Cousine, Stefi im Dunkeln der Garage unter das Brett und stürzt kopfüber in die Senkgrube. Zum Glück war die Grube fast leer und mein Vater hörte seine Schreie und konnte ihn schnell befreien. Stefi lebt und liebt es gefährlich, no risk no fun. Skifahren, Tennis, Fahrräder gab es nur als wir klein waren, später zu gefährlich, die bösen Autofahrer.

Wir gingen getrennte Wege. Er fand seinen Seelenbruder „never let me down again" meiner ist nur für ein LAB gut, als wir unsere Frauen fanden, war ich Luft.

Das gilt nicht für Stefi, einmal Bruder immer Bruder - im Guten wie im schlechten – auch wenn er oft glaubt, dass sein Weg, seine Wahrheit die einzig Wahre ist. Wenn er auch oft den Harten mimt, sich nur nichts anmerken lässt, Gefühle zeigen Schwäche zeigen bedeutet. Wie das halt eben so ist bei Geschwister, wir sind Familie und Blut ist dicker als Wasser! Wir sind Brüder!

DREI BRÜDER

Eigentlich wären wir ja drei Brüder gewesen, wie so oft im Leben kam aber alles anders… ganz anders.

Manches Mal ertappe ich mich bei dem Gedanken, wie es wohl gewesen wäre, zu dritt aufzuwachsen und aufzutreten. Da kommen schon wieder die drei Cotugno's. Wir beide wären wohl etwas anders geworden, mein Bruder wäre in der Mitte gewesen, die eventuellen Auswirkungen werden wir nie erfahren. Wer weiß, welche Rolle er in meiner imaginären Fußballmannschaft übernommen hätte. Mein Bruder der Stefano, Toto (nein, nicht der Schillaci) genannt, vorne im Sturm, Einzelstürmer mit dem Motto: „Alle Bälle zu mir! Ich schieße die Tore!"

Meine Wenigkeit eher im verteilenden, strategisch beobachtenden und Bälle verteilenden Mittelfeld-Karo und Simone, der Name stand schon fest, ein stahlharter Verteidiger, vielleicht im Tor wie mein Cousin Francesco, oder eine ganz andere Rolle als Zuschauer. Gott allein weiß, wie dieses Spiel ausgegangen wäre.

Neapel 1974, das fruchtbare Klima rund um den Vesuv und mein Vater führten dazu, dass meine Mutter mit bereits 37 Jahren noch einmal schwanger wurde. Damals ein Methusalem - Alter für eine schwangere Frau. Sie war bereits im siebenten Monat. Alles war ohne Komplikationen verlaufen bis ja, bis zu diesem Wochenende Ende Mai. Tragödien ereignen sich immer am Wochenende, obwohl ich bin auch an einem Sonntag geboren, also sagen wir mal, Mutter hatte einen Hang zum Wochenende.

Plötzlich ein Stich im Bauch, Vater war arbeiten, zum Glück die Nachbarn da, mit Taxi, ja so war das damals in Neapel, ging es in die Privatklinik. Alarmstufe Rot. Die Narben der vorhergehenden Kaiserschnitt-Geburten hatten Fettgewebe gebildet und sich letztendlich entzündet. Eine Sepsis – Blutvergiftung war die Folge. Mutter wurde notoperiert, ihr Bauchraum war voll Eiter, die Schwestern und der Arzt sagten, sie hätten noch nie so viel davon gesehen.

Das Kind, geschützt durch die Gebärmutter, wog bereits 3,60 kg, Vater hatte das Kind noch gesehen, als die Schwester rauskam und ihn vor die Wahl stellte, wen sie retten sollten, Mutter oder Kind – nicht wirklich die Wahlmöglichkeiten, die man sich wünscht! Mutter rang mit dem Tod und es war nur ihrem guten Immunsystem zu verdanken, dass sie dieses Ereignis mitsamt all ihrer Folgen überlebt hatte.

Danach war es sehr schwer für unsere Mutter. Alle hatten ein Baby, ihres war weg. Vater kam danach noch mit seinen Zweifeln. Er vermutete bis zu seinem Tod, dass das Kind überlebt und in die Fänge der Mafia gefallen war, die es teuer an ein kinderloses Ehepaar verkauft hätte.

Ab und an frage ich mich noch, wie es wohl gewesen wäre, zu dritt aufzuwachsen. Mit wem hätte er sich besser verstanden? Welche Vorlieben, Interessen hätte er gehabt? Wäre er eher der Sportliche oder mehr der Intellektuelle oder ganz ein anderer? Wer weiß?

Wir werden es nie erfahren. Meine Eltern haben nie eine Leiche oder einen Sarg, geschweige denn irgendwelche offiziellen Papiere gesehen.

UN PALAZZO A NAPOLI

Wir betraten das Grundstück durch einen großen Torbogen, der uns in das Innere einer Parkanlage führte. Inmitten dieser Anlage war ein großer Betonring angelegt, der es einem ermöglichte, die ganze Pracht und Vielfalt an Pflanzen zu bewundern.

Im Zentrum dieses Ringes erhob sich eine groß gewachsene Palme gen Himmel empor. Sie zog – durch ihre imposante Größe und majestätische Erscheinung – gleich meine volle Aufmerksamkeit und Bewunderung auf sich, ohne jedoch nie in Frage zu stellen, dass dies ihre natürliche und unwiederbringliche Gestalt war. So schien sie die Hüterin dieser Anlage zu sein, die von oben herab alles überblickt, jedoch auf das Geschehen und Treiben unten zu ihren Wurzeln keinen Einfluss nahm.

Ich folgte meinen Onkel über die Terrasse, ein paar Stufen hinunter, zu einer zweiten Ebene, welche etwas kleiner, jedoch der ersten Ebene an Anmut und Pflanzenvielfalt um nichts nachstand und obwohl ich ahnte, dass diese Anlage sorgfältig geplant war, stand sie mit ihrer Umgebung völlig im Einklang. Nun kamen wir zu einem großen Torbogen, von dem aus eine lange Reihe an Stufen hinunter führte zu einem komplett im Dunkel liegenden

Portal. Das Portal war eine kleinere Kopie des obigen Torbogens, versehen mit einer großen massiven Holztüre. Mein Onkel klopfte an und nach kurzer Wartezeit öffnete uns ein freundlicher Herr mit Brille.

Er lächelte, umarmte meinen Onkel und stellte sich als Signore Lampispada, seines Zeichens Bauherr und Architekt, vor. Es freue ihn sehr, uns – oder besser gesagt mir – eine Führung durch den Palazzo zu bieten. Zio Enzo kannte ja sowohl den Palazzo als auch sein Inneres bereits, war es doch jahrelang auch seine Wirkungsstätte. Als wir durch einen kleineren Vorraum den großen Saal betraten, blieb ich sofort mit großen Augen und noch größerem Erstaunen stehen. Ich hatte noch nie so etwas Fantastisches gesehen, weder davor noch 30 Jahre danach, nie wieder. Der große Saal diente als Architekturbüro. Überall standen Schreibtische, Zeichentische mit Menschen, die in ihre Arbeit vertieft waren. Eine Kathedrale der Kreativität.

Zwischendecken waren keine mehr vorhanden, der Palazzo hatte einmal vier Zwischengeschosse, die nun fehlten. So war der Blick frei bis zur Decke. Dies war imposant, aber noch nicht wirklich außergewöhnlich. Was diesen Saal so außergewöhnlich machte, war das Sammelsurium an den Wänden. Voll bis zur Decke. Da gab es eine Menge an maritimen Objekten, Anker, Taucherhelme, ein kleines edles Ruderboot, von der Decke hing über eine Kette ein Stativ in den Saal mit einem riesigen Fernrohr aus Messing. Surfbretter, Korallen in allen Farben und Größen, antike Amphoren, umrandet von alten Bildern mit Ansichten von Neapel, Pompeji, dem Vesuv - Fotos. Alles in einem wilden Durcheinander, nichts folgte einer gewissen Ordnung, ganz im Gegenteil. Durch dieses kreative Chaos war dieser Saal durchflutet mit einer positiven und kreativen Energie. Ich habe dieses Erlebnis nie wieder vergessen.

SIE NANNTEN IHN „SCHNITZEL"

Wir schreiben die frühen Achtzigerjahre des zwanzigsten Jahrhunderts. Der erste WALKMAN war gerade auf den Markt gekommen, Björn Borg gewann wieder einmal Wimbledon und die French Open. McEnroe, ein Rebell, geniales Spiel, sein eigener, größter Feind am Centercourt. Talent und Beständigkeit sind Tugenden, die nicht oft Hand in Hand gehen.

Schnitzel hatte bereits im zarten Alter von sechs Jahren zum Tennisschläger gegriffen. Was als Spiel begann, wurde bald ernst, es galt sich zu beweisen. Bereits sein erstes Turnier weckte den Ehrgeiz in ihm, den Beweis anzutreten – „ich spiele besser als die anderen!"

Wie so oft kommen vor dem Erfolg der Durst und die Frustration, wer da keinen Durchhaltewillen beweist, lässt den Tennisschläger Tennisschläger sein und sucht sich andere Gefilde, um sich zu beweisen, aber nicht so Schnitzel.

Schnitzel wollte sich und vor allem den anderen beweisen „Ich bin gut, ich kämpfe und jeder der gewinnen will, muss bei mir vorbei und ich werde es ihm nicht leicht machen!" Natürlich fand auch Schnitzel seinen Meister, doch wenige sind mit seiner Ausdauer,

Beharrlichkeit und den Willen zum Sieg ausgestattet. Jede Niederlage machte ihn stärker, er schwor sich: „Nächstes Jahr gewinne ich auch gegen diesen Gegner!" So manch ein Gegenspieler – gesegnet von der Vorsehung mit Talent und Willen – zerbrach über die Jahre an dieser Mauer oder räumte den Platz. Nun fragen Sie sich, wie er zu seinem Namen kam.

Als die Erwachsenen diesen kleinen, etwas pummeligen, immer lustigen Jungen am Tennisplatz fragten, was denn seine Lieblingsspeise sei, antwortete er: „Schnitzel".

Dann kam die Pubertät, das Schicksal schlug auf, die Hormone spielten verrückt. Schnitzel – mittlerweile einen Meter neunzig groß und hundertfünfzig Kilogramm Lebendgewicht. Dieses Gewicht nach vor und wieder zurück, von links nach rechts zu wuchten ist ein Unterfangen, das nicht von langer Dauer gekrönt und für jeden Sieg bzw. Höhenflug kontraproduktiv war. Schon mal ein dickes Flugzeug gesehen? Die Gegenspieler lachten, doch nur solange sie nicht in den Genuss eines harten Aufschlags und der geraden Vorhand gekostet hatten. Wer glaubt, dass die Geschichte hier endet, der irrt! Break Schnitzel!

Das Ziel im Auge, Wille und Beharrlichkeit im Hinterkopf, reifte ein Gedanke in dem jungen Mann "never give up!". Es folgte, ein

Jahr Kampf, die Waage zeigte minus sechzig Kilogramm. Ausdauer, Muskel und Technik führten ihn erneut zurück auf den Tennisplatz, besser denn je. Und der Name Schnitzel?

Nun, als der junge Mann sah, unter welchen unmenschlichen Bedingungen aus Schlachtvieh Schnitzel wurden, schwor er sich unter Tränen: „Nie wieder Schnitzel! So oder so." Mittlerweile sind die Jahre vergangen, viele Siege und Pokale bezeugen sein Können und seine Ausdauer. Er ist übrigens mein Bruder, Tennis Instruktor und - Lehrer. Nur „Schnitzel" sagt heute niemand mehr zu ihm!

SONNTAG IN LITTLE ITALY

Vater hatte bereits Frühstück gemacht, das Frühstück oblag seinem Aufgabengebiet, nicht nur sonntags! Er weckte Mutter und Mutter weckte uns. Wir waren bereits seit einer Woche gebrieft, durften nichts sagen und nichts verraten, eigentlich waren wir alle einer Meinung, Muttertag ist nur ein kommerziell ausgebeuteter Tag, der trotz allem einer Huldigung bedurfte. Jeder, der es wagte, wie es ist, so einen Tag zu ignorieren, macht die Bekanntschaft mit der Enttäuschung und Gram. Fragen Sie meinen Bruder!

Dieses Jahr hatte Vater einen großen Strauch Bougainville gekauft. Seine Blütenpracht leuchtete bereits in vielen verschiedenen Blau-violett Tönen. Wussten Sie, dass die Bougainville nach einem französischen Entdecker und Seefahrer benannt ist? Obwohl entdeckt hat sie natürlich, wie sollte es auch anders sein, seine Begleiterin Jeanne Baret. Vater hatte den Strauch während dieser Woche in seiner Werkstatt versteckt. Mutter warf da nie einen Blick hinein, das war sein Reich, ein chaotisches Reich, eine Werkstatt der Fantasie und Kreativität, aber das ist eine andere Geschichte.

Drei Männer, tags zuvor, auf nach Wien, am Naschmarkt zum Fischhändler unseres Vertrauens. Vater kaufte große, fette Sardinen, Garnelen und Tintenfisch, besser gesagt diese kleinen Tintenfische. Ich erinnere mich gerne an diese kleinen Exkursionen Ende der 80er. Der Naschmarkt mit seinem internationalen Flair und der Fischhändler, der meinen Vater sehr schätzte, zwei Männer – ein Interesse: Das Meer - Sie wissen schon.

Als Kind und Jugendlicher fragte ich mich oft, wie Vater das aushielt, mit seiner Sehnsucht, mich gefragt, ob ihm sein geliebtes Italien nicht fehlte. Viel Jahre später erst verstand ich, dass er sein eigenes kleines Italien mitgenommen hatte, sein Little Italy im Marchfeld. Wir lebten wie in einer kleinen italienischen Provinz, italienische Küche, Sprache, Nachrichten, ja sogar das Haus war italienisch, mit Terrakotta Fliesen und viel Holz, ganz im Stil einer Trattoria in der Toskana.

Zurück zum Muttertag. Vater putzte die großen Sardinen mit seinen großen Händen. Mit viel Knoblauch, Olivenöl und Zitronenminze kamen sie auf den selbstgebauten Holzofengrill. Sardinen eignen sich wunderbar zum Grillen, da sie wie die Makrele sehr fette Fische sind, Omega 3 Bomben quasi. Mit den kleinen Tintenfischen wurde genauso verfahren, diese dürfen nur kurz auf den Grill, ansonsten braucht man keinen Kaugummi mehr.

Die Garnelen wendete er in Mehl und dann kamen sie kurz in die Pfanne mit heißem Öl. Salzen, pfeffern, Zitrone darüber geträufelt, fertig war das Muttertagsmahl. Königlich gespeist kamen danach der Kaffee und Torte (für die war doch Mutter zuständig. Plötzlich stand auf der Terrasse ein riesiger Bougainville-Strauch mit einer Glückwunschkarte von uns allen, Mutter vergoss wie üblich ganz gerührt einige (viele) Tränen und wir wussten alle: wieder einmal ein gelungener Tag in Little Italy!

ISCHIA - SEHNSUCHT

Anfang September, der Sommer war vorbei, fast. Ich war jung und wie so oft wollte ich nach Italien, mein Neapel und das Meer sehen. Abends, Wien Südbahnhof, der Zug setzte sich in Bewegung, früh morgens, Kaffee im Plastikbecher – Welten entfernt im Geschmack – vor meinen Augen ROMA Centrale. Von geschäftigen Treiben begleitet stieg ich aus, ging vor kaufte mir die Zeitung "La Repubblica" und suchte den Zug nach Neapel.

Bahnsteig zehn, der Zug stand bereit, obwohl er erst in einer Stunde abfuhr. Die Klasse tat nichts zur Sache, will heißen, dem Schaffner war es egal, gleich was mein Ticket sagte. Anfang der Neunziger hatten diese Züge alle einen seltsam anmutenden Duftpotpourri, bestehend aus Landluft, erdige Töne gemischt mit Maschinenfett, Schweiß und einer Prise Salz vom nahen Meer. Bemerkenswert anders und einprägsam, über die Jahre abgespeichert, liebgewonnen und mit Abenteuer gleichgesetzt.

Napoli Stazione Centrale – Mittag – die Sonne brannte, suchte mir ein Taxi. Es folgte ein damals beliebtes Spiel bei unserer Familie, ich mimte den ahnungslosen Touristen, sagte: "Porto, Nave, Ischia", er wollte fünfzig Euro, „No grazie!", stellte mich in den

Schatten und wartete. Alsbald kam ein anderer Fahrer, ich ließ meine Maske fallen und auf Neapolitanisch vereinbarten wir zwanzig Euro für die kurze Strecke (merke: Nie das erste Taxi nehmen!) Am Hafen angekommen, entschied ich mich bei der „IMBARCAZIONE" spontan für die langsame Variante mit der Fähre als Reminiszenz. Langsam und genussvoll, das nennt sich „vacanze". Mit dem Duft des Meeres in der Nase, der Sonne im Gesicht und dem unvergleichlichen Panorama voll intensiver Farben, liessen wir den Golf von Neapel hinter uns. Nach einer Stunde erreichten wir Ischia Porto, mit dem APE Taxi nach Ischia Ponte, wo am Steg bereits Aldo, sein Sohn Gianni und Rudi der Hund warteten.

Alle drei begrüßten mich wie den verlorenen Sohn. Sofort fühlte ich mich als Teil der Familie und nicht als Gast. Mit dem Boot fuhren wir die kurze Strecke vorbei an der Festung „Castello Aragonese", während Rudi vorne am Boot seinen Blick gebannt in das glasklare Wasser warf. Aldo sagte: "Er liebe es mit dem Boot zu fahren!" Am Bootssteg angekommen, warteten schon Francesco, sein älterer Sohn, wir umarmten uns und er nahm mir mein Gepäck ab. Direkt am Strand, ein paar Stufen hinauf zur Terrasse, wartete der Rest der Familie auf mich: Maria, Aldos Frau, die mit seinem Bruder Ciro in der Küche stand, Ciro Vollbart, braungebrannt einen dicken, dicht behaarten Bauch vor sich, begrüßten mich innig.

Das nenne ich ein Empfangskomitee (das ist der Vorteil, im September, da haben alle mehr Zeit und man wird Teil der Familie)! Hans, der zweite Hund, kam aufgeregt hinter der Eisbar hervor. „Nein, er ist wasserscheu und liebt die Küche!", erklärte mir Ciro. Oben angekommen, mein Zimmer, mit Balkon und Blick auf die Festung. Die Sehnsucht und Leidenschaft, mit der sich diese Reise tief in mein Herz grub, spiegeln sich in meinen Geschichten hier wider.

ISCHIA SEPTEMBER FEELING

September, Ischia, das Meer erstrahlt in Schattierungen aus Azurblau über glasklar, fast weiß bis hin zu gleißendem lichtblau. Der Blick reicht bis auf den Grund, ein Paradies für Schnorchler. Die Sonne hoch am Himmel strahlt nach wie vor stark, jedoch mit der Melodie eines sich ankündigenden Herbstes. Mitte September strahlt sie in dieser ganz eigenen, melancholischen Stimmung, während das Blau der nahenden Dämmerung den Himmel in feine rot-violette Töne taucht und sie am Horizont langsam untergeht. So klingt der Tag aus - September Feeling. Ich saß auf der Terrasse, trank Kaffee und spielte Karten mit Gianni. Als er abermals verlor, stand er auf und entschied sich freiwillig für den Putzdienst, lachend und mit einem Wink "it's no good" verabschiedete ich ihn in die Küche.

Mitte September ist die Zahl der Gäste hier recht übersichtlich, während ich einen Schluck Vino bianco genoß, kreuzte mein Blick sich kurz mit dem einer Dame, die ebenfalls alleine an einem Tisch saß und in den Sonnenuntergang blickte. Ihren schwarzen Augen - Sehnsucht gepaart mit einer Prise Einsamkeit.

Aldo kam mit der jungen Kellnerin aus der Küche und sie setzten sich zu mir. Wir unterhielten uns. Alissia, so hieß die junge Dame, erzählte, dass sie ursprünglich aus Catania kommt. Da sie dort jedoch keine Arbeit fand, wollte sie nach Norden und landete hier. Obwohl es im Sommer sicher sehr hektisch sein kann, dachte ich mir im Stillen, es gibt Schlimmeres. Nachdem sie meinen Zeichenblock mit Skizzen durchgeblättert hatte, rang sie mir mit einem verschmitzten Lächeln das Versprechen ab, sie zu porträtieren.

Am nächsten Tag, gegen acht, Handtuch über die Schulter, Zeichenblock unterm Arm, setzte ich mich an einen Tisch, wo bereits frischer Kaffee und das Frühstück auf mich warteten. „Buongiorno", grüße ich die Dame, die heute ganz in Schwarz gekleidet, schwarze Haare, schwarze Sonnenbrille CC. Zögerlich und nicht akzentfrei kam ihr „Buongiorno!" zurück. Da kam auch schon Alissia aus der Küche, mit einem strahlenden Lächeln begrüßte sie mich und meinte, ob wir gleich das Porträt machen könnten, denn zu Mittag müsste sie dann wieder helfen. Als sie nach dem Frühstück mir gegenübersaß, begann ich die Zeichnung mit ihrer Silhouette. Aldo sagte, er käme gleich wieder, er würde nur die "tedesca", die einsame Dame in Schwarz, mit dem Boot nach Ischia Ponte fahren. Unter zahlreichen Blicken über meine

Schulter, alle kamen sie "zufällig" vorbei, warfen einen Blick auf meine Zeichnung und mit einem "e allora, sei veramente bravo" entstand nach und nach Alissias Porträt. Ungeduldig wollte sie schon einen Blick darauf werfen. Als ich fast fertig war, war auch Aldo wieder zurück, sah das Bild und meinte, die Zeichnung wäre ja schöner als Alissia.

Das Porträt war fertig, ich gab es ihr, sie warf einen Blick darauf, strahlte über das ganze Gesicht. Plötzlich und unerwartet küsste sie mich. Ich wurde rot wie eine Tomate, während alle lauthals zu lachen begannen.

ITALIENISCHE MÄNNER SIND ANDERS!

Das letzte Mal, als ich wieder Mal bei „Mamma" war – sie ist mittlerweile 83 und freut sich immer, wenn wir zusammen sind – sagte sie plötzlich und unerwartet: „Italienische Männer sind anders!" – „Wie meinst du das?", erwiderte ich. Sie lebt seit dem Tod meines Vaters vor elf Jahren alleine. Anfangs war es sehr schwer für sie nach seinem Tod. Sie waren 42 Jahre verheiratet und hatten immer alles gemeinsam gemacht, alles besprochen und führten eine Partnerschaft wie aus dem Bilderbuch, ganz nach dem Motto „...und wenn sie nicht gestorben sind, dann leben sie noch heute". Leider gibt es so etwas nur im Märchen, hier auf Erden hat alles einen Anfang und ein Ende.

Seit diesem Ende meines Vaters, hat Mutter einen Teil ihrer selbst verloren, wen wundert es? Aber nach elf Jahren hat sie gelernt das Beste daraus zu machen, auch wenn sie weiß, mit ihm wäre es besser. Nun zurück zum Thema. Auf meine Frage, wie sie das meinte, dass italienische Männer anders seien, sagte sie: „Sie wären vielfältiger, kultivierter und würden so eine Grundwärme ausstrahlen. Sie hätten einen ganz anderen Horizont."

Mein Vater war als Seemann weit gereist und hatte viel gesehen in einer Großstadt wie Neapel und obwohl in einer armen Familie aufgewachsen, hat er, nein haben alle sechs Kinder so viel Herzensbildung mitbekommen.

Er war die körperlich gewordene Manifestation von Respekt, Liebe und Vertrauen, so meine Empfindung als Sohn, für meine Mutter war er noch viel mehr! Und es war bei weitem nicht so eine Partnerschaft, in der jeder sich verliert im anderen, nein sie machten alles gemeinsam, teilten alles und doch war es diese Art Liebe, die mehr wird, wenn man sie teilt. Sie sagte, er sei so humorvoll gewesen und man konnte von ihm alles haben, das Schönste jedoch war, wohl jemanden zu haben, der einem auf Augenhöhe begegnete, da gab es kein „Dein und Mein", kein „Das machst du und das ist meine Aufgabe". Sie hatten in all den Jahren eine echte und gemeinsame Partnerschaft aufgebaut. Aufgebaut auf Vertrauen, Liebe und Respekt. Respekt nicht nur dem anderen gegenüber, sondern für das ganze Wesen einer Partnerschaft, nicht nur zwischen Mann und Frau, nein auch zwischen Vater und Sohn, zwischen Freunden - eine ganz eigene Sicht auf die Welt. Eine eigene Mentalität und Form der Kommunikation.

Vater hätte in der Öffentlichkeit gewisse Dinge nie gesagt, (er hat sie auch Zuhause nicht gesagt) einfach, weil ein Mann, ein echter italienischer Mann, von seiner Mutter „la Mamma" gelernt hat: „So etwas tut oder sagt ein Mann nicht!"

Als meine Mutter diesen Satz über italienische Männer sagte, dachte ich mir: „Und das sagt eine Österreicherin, wenn das kein Kompliment für jede italienische Mutter ist, für den Mut und die Herzensbildung, die jede Mutter ihrem Kind auf der ganzen Welt mitgibt!" Still dachte ich in Gedanken für mich, wie schön ist es, geliebt zu werden – ich kann nur eines sagen: Das Wichtigste, dass Kinder brauchen, ist Liebe!

ISCHIA DER HL. GIOVAN GIUSEPPE DELLA CROCE

Ischia hat einen Schutzpatron, den Heiligen Giovan Giuseppe della Croce und nein das wird keine Geschichte über Heilige. Üblicherweise findet das Fest dieses Schutzpatrons am ersten Sonntag in September statt, deshalb hatte ich es bisher immer versäumt, wenn ich nach Ischia kam. Dieses Mal fand es am 2. Sonntag statt, besser gesagt, es findet dort seinen Höhepunkt. Das Fest selbst dauert vier Tage.

Ahnungslos kam ich die Stufen hinunter auf die Terrasse, begrüßte die „Tedesca" mit einem „Guten Morgen, schöner Tag heute?!" Sie lächelte mich an als sie erkannte, der spricht Deutsch, zog ihre Sonnenbrille zur Nasenspitze hinunter und mit einem langgezogen: „Guten Morgen!" erwiderte sie meine Begrüßung.

Ich setzte mich nieder und Alissia brachte mir mit einem breiten Lächeln mein Frühstück. Ich schmunzelte verlegen und bedankte mich bei ihr. Da kam auch schon Aldo aus der Küche und wollte wissen, was ich denn gern zu Mittag hätte. Es gäbe drei Gerichte zur Auswahl. Ich hatte es mir zur Angewohnheit gemacht, auf Ischia bei Aldo, Ciro und der Signora Maria, Aldos Frau, immer

Vollpension zu buchen. Sie kochten so gut und alles frisch von der Insel. Wir einigten uns auf ein „po di pasta" per primo und danach „pesce fresco con un po d'insalata" - Fisch frisch vom Grill!

Das nenne ich eine schöne Aussicht. Mit dem Handtuch über die Schulter und einem Buch von Luciano de Crescenzo ging ich hinunter zum Strand, glitt in meinen Liegestuhl und ließ mir die Sonne auf den Bauch scheinen. So verging der Vormittag und auch das Mittagessen mundete vorzüglich. Ich beschloss dem Kaffee ein erholsames Schläfchen im kühlen Zimmer folgen zu lassen. Als ich gegen 16 Uhr wieder hinunter auf der Terrasse kam, herrschte dort eine lockere Stimmung. Aldo schnitt seinem Bruder Ciro den Vollbart. Er müsse heute schön sein, erklärte er mir, schließlich gäbe es etwas zu feiern. Ciro stand auf, blickte mich an und sagte zu mir: „Setz dich her! Du kannst auch eine Bartpflege gebrauchen, heute Abend musst du ebenfalls schön sein!"

Dankend nahm ich seine Einladung an und während er mir den Bart trimmte, erzählte uns Aldo von der Prozession des heiligen Schutzpatrons. Dieser würde heute auf das Meer hinausfahren, gefolgt von vielen kleinen Booten der Fischer und Einwohner. Er würde uns alle einladen, wir wären Gäste des Hauses heute Abend - gesagt getan. Gegen sieben sollten wir alle hier eintreffen, dann würden wir mit den Booten hinüberfahren und die Prozession bei Ischia Ponte hinaus auf das Meer begleiten.

Pünktlich gegen 19 Uhr fand ich mich auf der Terrasse ein. Die ganze Familie, alle Angestellten waren festlich gekleidet sogar die beiden Hunde, Rudi und Hans waren frisch gebürstet. Hans lag ruhig vor den Füßen der Signora Maria, während Rudi mich mit wedelndem Schwanz begrüßte. Er spürte, es liegt etwas in der Luft, ja seine Nase wusste schon mehr als ich.

Führte er etwas im Schilde?!

ISCHIA - RUDI UND DIE VORSEHUNG

Zu dieser Zeit gab es nicht mehr viele Gäste, zwei ältere Ehepaare, eines aus Schweden, das andere aus den Niederlanden und dann war da noch die einsame „Tedesca."

Ich war der Erste. Gianni fragte mich, ob wir noch eine Partie Karten spielen, während wir auf die anderen Gäste warteten. Ich willigte ein und er kam mit zwei Coppa del Nonno zum Tisch und sann auf Revanche (siehe September - Feeling). Ich war unerbittlich.

Plötzlich blickten alle zu den Stufen, ich drehte mich um und sah die „Tedesca" - welch ein Anblick ganz in Rot. Sie trug einen leichten, wallenden Hosenanzug mit roter Bluse und roter Jacke und die dazu passenden Schuhe. Ihre schwarzen Haare wippten auf und ab, als sie anmutig die Stufen hinunterkam. Aldo ermahnte uns bei ihrem Anblick, eine Jacke oder einen Pullover mitzunehmen, denn draußen am Meer wäre es kühl am Abend.

Als alle da waren, gingen wir hinunter zum Steg, wo wir mit drei Booten nach Ischia Ponte fahren sollten. Aldo saß im ersten Boot,

Alissia stieg ein und setze sich neben ihn. Ich sollte mich in die Mitte setzten wegen der Gewichtsverteilung.

Plötzlich, die „Tedesca" wollte gerade ins Boot, kam Rudi von hinten angestürmt und gab der „Lady in red" einen Schubs, als er ins Boot sprang und...

sie landete genau in meinen Armen.

Während ich ihren Duft vernahm, Chanel Nr.5, blickte ich über ihre Schulter in die Augen von Alissia. Wenn Blicke töten könnten! „Danke, ich heiße Elisabeth, darf ich mich zu dir setzen", sagte die „Tedesca" und ohne meine Antwort abzuwarten, setzte sie sich zu mir, legte ihren Arm um meine Schulter. Während mein Gesicht die Farbe ihres Anzugs annahm, warf sie einen Blick zu Aldo und Alissia „mein Retter", sagte sie.

Am liebsten hätte ich meinen Kopf ins kalte Nass getaucht, während Aldo mich ansah mit einem Blick zwischen „du Glückspilz" und „Junge, da geht was!" Ich kannte diesen Blick von meinem Vater, es war dieser „la mano morta" Blick.

Als wir ablegten, drehten wir uns um. Ich war froh, der Blick Alissia blieb mir so erspart und der frische Fahrtwind kühlte mein Gesicht.

Elisabeth hatte mittlerweile Ihren Kopf an meine Schulter gelehnt und die Hand auf mein Bein. Ich dachte von wegen „la mano morta." Als meine Fassung halbwegs wieder auftauchte aus den unendlichen Tiefen des Herzens, fragte ich sie, woher sie kam, was sie beruflich machte und ja, ich weiß, das schickt sich nicht, aber ich fragte sie auch wie alt sie sei.

Sie sagte, sie sei aus Frankfurt, arbeite in einer großen Werbeagentur als Artdirektorin und sie sei 42. Ich war 22. Sie hatte einen wunderschönen Körper und sie wusste, was sie wollte. Wir verbrachten zwei Tage und drei leidenschaftliche Nächte zusammen. Als sie sich am Mittwoch mit einem Kuss und einem zart gehauchten „Grazie per tutto" verabschiedete, wusste ich, Elisabeth werde ich nie vergessen.

Ach ja, die Prozession - die war angeblich wunderschön! Ich habe nur das große Feuerwerk zum Schluss wahrgenommen und Alissia? Sie würdigte mich keines Blickes mehr bis zu meiner Abreise.

SORRENTO-DER GEHEIME STRAND

Wir fuhren die schmale Küstenstraße entlang, linker Hand ragten Kalkfelsen Ehrfurcht gebietend himmelwärts, zu meiner Rechten, Steilküste bergab. Der Blick hinunter atemberaubend, das Meer und die kleinen Fischerorte, ein Anblick wie im Paradies.

Olga meine ältere Cousine saß vor mir und erklärte mir die aktuelle Aussicht. Wir fuhren die „Costiera Amalfitana" entlang, unterwegs zum angeblich schönsten Strand zwischen Sorrento und Salerno, einem Geheimtipp. Giovanni, ihr Mann lenkte den Alfa und irgendwie beneidete ich ihn ehrlich gesagt ein wenig, denn die Kurven entlang der Küste Amalfi sind für jemanden der Kurven fahren liebt, ein Genuss. Obwohl, wir früh aufgebrochen waren, war es mittlerweile schon halb zehn als wir ankamen. Ich schluckte ob des Anblicks, der sich mir bot. Nicht, weil der Strand so atemberaubend schön war, nein, vielmehr stockte mir der Atem, als ich die vielen Stiegen sah, die zu diesem paradiesisch anmutenden Strand hinunterführten. Mein erster Gedanke: Scheiße, ich muss diese Stiegen ja auch wieder hinauf, gibt es hier einen Aufzug?

Einen kurzen Augenblick überlegte ich oben zu bleiben, aber das war keine Option. Olga wollte mir extra diesen wundervollen Strand zeigen. Unten angekommen bot sich uns wirklich ein Strand, wie in der Karibik und obwohl die Sonne schien, hatten nur wenige den Weg hier hinunter an diesen Ort gefunden. Das Meer ruhig, azurblau in stoisch meditativen Einklang folgte eine leichte Welle nach der anderen und lösten diese Art Ruhe in mir aus, die ich so liebe. Während mein Blick hinaus zum Horizont ging, wo ein paar Fischerboote mit ihrem frischen Fang langsam zurückkehrten. Ich vergaß die Stufen und der Genuss des Augenblicks machte sich breit, während Olga und Giovanni sich ins kühle Wasser stürzten.

Angenehm kühl deshalb da Quellwasser von den Bergen stellenweise aufstieg und so angenehm auf der Haut prickelte. Mittlerweile war es Mittag geworden. Die ersten Gäste machten sich auf, den beschwerlichen Rückweg in Angriff zu nehmen. Ich versuchte mich abzulenken und fragte Olga, was wir denn zu Mittag essen werden. „Stelio musst du immer nur ans Essen denken", ermahnte sie mich zurück. „Wir sind doch gerade erst angekommen", antwortete sie und während mein Magen etwas anderes sagte, bot sie mir ein Stück Melone an. Saftig, erfrischend aber nicht sehr nahrhaft. Mir kamen die Wörter meines Vaters in den Sinn: „se mangià, se bev e se lava la faccia!" (mit einer Melone hast du zu essen, zu trinken und wäscht dir auch das Gesicht.)

Es war zwei Uhr geworden und nun hatten allen Hunger. Wir beschlossen zu gehen. Ich nahm noch schnell ein kühles Bad und hoffte so, die Stiegen leichter zu bewältigen. Dem war leider nicht so! Als wir nach zehn Minuten oben am Parkplatz ankamen, fehlte mir nicht nur der Atem, sondern auch der Schweiß ermahnte mich, an meiner fehlenden Ausdauer zu arbeiten. Als wir jedoch unter einem schattigen Zitronenhain einer Trattoria unsere Spaghetti a le Vongole genossen, waren nicht nur die Stiegen vollkommen vergessen.

SFUMATURE

Kennen Sie das Gefühl? Sie kommen zurück von… ja wovon? Urlaub will und kann ich es an dieser Stelle nicht nennen. Irgendwas ist anders als davor. Du bist aufgebrochen, voll Vorfreude und Sehnsucht. Dann vor Ort, alles neu, ganz anders als daheim und doch so vertraut. Eine Metamorphose beginnt, du wirst assimiliert, nein keine BORGs, aber du passt dich deiner Umgebung, den Menschen, ihrer Kultur und der Energie, dem Zauber vor Ort, an.

Soviel Eindrücke, soviel Kraft, die Natur strotzt und protzt im vollen Farbspektrum. Da ein sattes, dunkles, erdiges Braun , unzählige Nuancen aus Braun, Grün, Blau, Gelb, Orange als wäre jemand brutal in den Farbtopf getreten. Die Menschen vor Ort – obwohl fremd unter Fremden doch so vertraut – mitten in der Stadt eine Straße, gesäumt von Bäumen voll mit Mandarinen, die Natur kommt mit einer Banalität, teilweise unfassbar. Du brauchst nur deinen Arm auszustrecken und kannst so viele Mandarinen pflücken, wie du nur willst. Am Ende der Straße eine Tafel, neben einem Becher und einem zusammengekehrten Haufen aus Müll, Papier, Blättern und matschigem Obst. Auf der Tafel ist handschriftlich und hinter Klarsichtfolie zu lesen, dass jener Protagonist, dem wir diesen sauberen Teil des Gehsteigs zu verdanken haben, ein Anhänger der Ordnung und Sauberkeit sei und er sich freuen würde, über eine Anerkennung für seine Arbeit. Besser geht's nicht!

Alles mündet an einem großen Platz mit vielen Sitzgelegenheiten. Rund um mich herum ein Meer an Autos, Bussen und Motorinos. Der "Duft" von Zweitaktern ruft sofort Kindheitserinnerungen ab. Beschließe die Touristentrampelpfade zugunsten der Authentizität und "sfumature" des Alltagslebens zu verlassen, wandle durch schmale Gassen, da ein Blumenverkäufer, über meinem Kopf ein Universum aus Wäsche, bunte Lichter, dort eine Terrasse mit einem noch voll geschmückten Weihnachtsbaum, gleich neben einem mannshohen ausladenden Kaktus. Da ein Fischhändler, ein Gemüsehändler mit Paprika in rot und gelb, so groß wie mein Kopf. Ich nehme eine Seitengasse, mitten auf dem schmalen Weg, Autos kommen hier sowieso keine durch, ein Tisch vier Sesseln, zwei ältere Männer spielen „Scopa", ein weiterverbreitetes Kartenspiel im Süden.

Unvermittelt kommt eine Frau aus dem ebenerdigen Haus, welches nicht größer als ein Zimmer ist, sieht mich – und mit einer Geste winkt sie mich heran, fragt, ob ich einen Kaffee möchte? Überrascht setze ich mich zu Pasquale und Cirio. Wir unterhalten uns, nach zehn Minuten bedanke ich mich für den Kaffee, beim Verlassen empfehlen sie mir noch eine Pizzeria etwas weiter vorne, die dem Gennaro gehört, sie heißt passend "da Gennarì"

Die Tage vergehen, Sonne, Wärme, Begegnungen ganz viele Eindrücke! Wieder zuhause angekommen, aber irgendetwas fehlt, nicht einmal der mitgebrachte Kaffee will hier so schmecken. Ich fühle mich unrund und spüre – irgendetwas von mir, ist wieder einmal unten geblieben – und es war nicht die Sehnsucht.

NONNO GEWINNT EIN SCHWEIN

Mein Großvater, der Nonno, war Bauer. Seine Familie kam ursprünglich aus Kalabrien. Als junger Mann hatte er rote Haare und war gegenüber der landläufigen „Tradition" groß gewachsen, wie viele in unserer Familie. Er war stark mit einem großen und weichen Herz. Nonna und er hatten jung geheiratet. Sie stammte aus der Nachbarschaft und musste ihrerseits ihre drei Brüder aufziehen, nachdem der Vater sich aus dem Staub gemacht hatte, sprich nach Amerika gegangen war – ja überall gibt es solche und solche.

Trotz der vielen Arbeit am Hof hatte Nonno einige Leidenschaften: Das war zum einen seine Familie, sein selbst gekelterter Wein, über den er nichts kommen ließ, seinen Hund Cri Cri und Boccia. Jeden Sonntag zog sich Nonno schön an, setzte sein Kappe auf und ging am Vormittag, nein – nicht in die Kirche – in den Park Boccia spielen. Einen Sonntag gab es einen Wettbewerb. Bei uns gehen die Bauern schnapsen, Karten spielen um ein Schwein. In Neapel gab es das Schwein, für den Sieger! Derjenige, der eine seiner Kugeln am nächsten zum Pallino platziert konnte. Nonno gewann das Ferkel.

Diesen Sonntag war er der Held, der „King of the hill". Er brachte das Schwein nach Hause und alle staunten und freuten sich über den unerwarteten Zuwachs. Das Schwein wuchs eineinhalb Jahre zu einer stattlichen Größe heran. Zum Osterfest war es soweit, zehn hungrige Menschen freuten sich auf ein Festessen, als es dem Schwein an den Kragen ging. Aber sie hatten die Rechnung ohne den Wirt – in diesem Fall – den Padrone gemacht. Dieser hatte Wind von dem Schwein bekommen und bis jetzt die Beine stillgehalten. Nun beanspruchte er das ganze Schwein für sich. Zum Nonno sagte er: „Das Schwein steht rechtmäßig mir zu, Du hast es mit Erzeugnissen meiner Erde gefüttert und großgezogen, aber damit du siehst, dass ich kein Unmensch bin lasse ich dir auch einen Teil für dich und deine Familie."

Übrigblieben, nachdem der Gutsbesitzer das Schwein gerecht aufgeteilt hatte, die Haut und der Schädel für den Nonno und die zehnköpfige Familie. Der Rest ging an den Gutsherren, der um seine „Güte" zu unterstreichen, seine Jacke auf die Seite schob und seine Pistole hervorblitzen ließ. So fügten sich alle dem „gottgegebenen Schicksal".

Großvater war Jahrgang 1900. Seine Familie war seit Generationen auf der Flucht im eigenen Land, Flucht vor Gewalt und Willkür, Flucht vor der Macht des Stärkeren, wobei die einzige Stärke oft darin bestand, dass einige wenige bewaffnet waren und die vielen anderen weder Land noch Waffen, ganz zu schweigen Macht, besaßen.

Wer sich für das Thema interessiert, braucht nur den Roman von Tomasi di Lampedusa zu lesen „Der Leopard", auch ein sehr gutes Beispiel Salvatore Giuliano, der „sizilianische Robin Hood". In Wirklichkeit war er nach dem Krieg mit den Großgrundbesitzern, der Mafia und dem CIA, an einer Neuaufteilung Siziliens beteiligt. Unter dem Deckmantel, Sizilien dürfe nicht an die Kommunisten fallen, wurden zahlreiche Verbrechen an der Bevölkerung begangen.

ANTONIO UND DAS MEER

Antonio richtete seinen Blick hinaus aufs Meer. Am Horizont erkannte er die Silhouette eines Containerschiffes. Mittlerweile war das Meer kühler geworden, es war Mitte Oktober. Die Kälte machte ihm jedoch nichts aus, schließlich kam er jeden Tag, auch während der Winterzeit. Antonio war überzeugt davon, dass seine tägliche Runde schwimmen seiner Gesundheit zuträglich sei. Er legte das Handtuch und seine Brille zur Seite. Mit einem kurzen, spontanen Sprung warf er sich in das kalte Wasser. Als er nach zehn Minuten wieder aus dem Meer kam, warf er sich sein Handtuch um die Schultern, trocknete sein Haar etwas, setzte seine dicke Brille wieder auf und ging nach Hause.

Er war in der glücklichen Lage, ein kleines, ruhiges Haus mit Garten, nicht unweit vom Meer, sein Eigen zu nennen. Er wohnte schon sehr lange dort zusammen mit seiner Frau. Seine beiden Kinder waren auch in diesem Haus groß geworden. Es steht in Neapel, Posillipo.

Nach dem Essen und einen Kaffee, schwarz ohne Zucker, packte Antonio seinen Koffer. Er war eingeladen nach Wien zur Viennale.

Sein aktueller Film wurde dort präsentiert. "Vito e i altri" hieß der Film. Ja, Antonio ist Regisseur, er hat bereits viele Jahre für die RAI als Choreograf gearbeitet, bevor er als Regisseur seinen ersten Film gedreht hatte. Es war eine Ehre für ihn den Film nun einem internationalen Publikum zu präsentieren.

Für die drei Tage in Wien, packte Antonio einen warmen Pullover, einen Schal und eine warme Jacke ein. Ende Oktober konnte es in Wien schon empfindlich kalt sein, vor allem für einen sonnenverwöhnten Süditaliener. Tatsächlich, als Antonio am Flughafen in Wien ausstieg, empfing ihn ein kalter und eisiger Wind. Am Abend der Premiere, der Kinosaal war voll. Sein Film lief im Rahmen des Hauptprogramms, wurde Antonio vor der Ausstrahlung dem Publikum präsentiert.

Unter tosendem Applaus tritt Antonio zur Begrüßung hinaus auf die Bühne und blickte in den dunklen Saal, er rief laut: "Vito a do stai…?" (Vito wo bist du?) Wir vier standen prompt auf und riefen gemeinsam im Chor: "Anto stiamo qui…!" (Antonio wir sind hier!) Für kurze Zeit wurde der Kinosaal „neapolisiert". Antonio und mein Vater fielen sich in die Arme und begrüßten sich unter den staunenden Augen des Saalpublikums.

Antonio Capuano ist der Jugendfreund meines Vaters, er hatte uns allen, Karten zur Premiere geschickt als er erfahren hatte, dass er zur Viennale 1991 eingeladen war

Mittlerweile hatte er noch viele andere Filme gedreht, alle rund um die Stadt Neapel und dessen Bewohner. Einige seiner Filme liefen auch im Programm von Venedig. 2017 war er noch einmal bei der Viennale eingeladen, wo er seinen Film im Programm "Napoli, Napoli!" zeigen durfte.

Ich kenne ihn seit über 50 Jahren, aber für mich ist er immer der gleiche geblieben. Zio Enzo, Antonio und mein Vater sind gemeinsam groß geworden im Neapel der Nachkriegszeit, sie waren ihr Leben lang in tiefer Freundschaft verbunden.

HERBST IN DER MAREMMA

Diesen Sommer war es in der Maremma besonders heiß und trocken. Mittlerweile Ende Oktober, hat die Sonne zwar an Intensität eingebüßt, aber spätsommerliche Temperaturen sorgen für einen milden Herbst. Vater feierte seinen 65. Geburtstag, in Österreich scherzte er oft, dass der 26. Oktober deshalb ein Feiertag sei, weil er an diesem Tag in Neapel, das Licht der Welt erblickt hatte. Seine Schwester, Zia Anna hatte sich auch angekündigt und so überredete meine Frau mich, hinunterzufahren. Dies natürlich nicht ganz uneigennützig, denn sie wusste, ich würde mit einem Wagen voll an Spezialitäten und ihre geliebten italienischen Putzmittel mit Mandelduft zurückkommen. Wäsche und Wohnung alles roch wochenlang nach Mandeln.

Am 24. Oktober ließ ich das kalte, nasse Wien hinter mir. Kaum über die Grenze, der erste Autogrill, "un cafe e un cornetto, grazie" es gibt auch einen Orangensaft dazu, 2,50€. Wie machen die das? Je mehr ich nach Süden kam, umso sonniger und wärmer wurde es. Bei Orvieto fuhr ich von der Autostrada ab, blieb kurz stehen, tauschte meine lange Hose und endlich raus aus den mir so verhassten Socken. In kurzer Hose und T-Shirt setzte ich meine

Fahrt fort. Nur mehr eine Stunde. Ich konnte mein Ziel, das Meer und die Eltern geistig schon vor mir sehen. Vorbei am Lago di Bolsana, schlängelte ich mich die Straße hinauf durch Montefiascone mit seinem wunderschönen Dom Santa Margerita. Mit seiner großen Kuppel erinnerte es mich immer an die Karlskirche. Ich achtete darauf, richtig abzubiegen und umrundete den See Richtung Meer.

Endlich angekommen, umarmte ich meine Eltern, diese warteten schon mit den neuesten Geschichten und einen großen Teller "Pasta al Forno."

Tags darauf fuhren Vater und ich mit dem Zug nach Rom, Zia Anna abzuholen. Ansonsten verlief der Tag ruhig. Wir kamen alle an, auch geistig. Für den nächsten Tag war ein gemeinsamer Ausflug geplant. Mutter hatte bereits vorgekocht und so machten wir uns zeitig auf den Weg. Wir verließen den Ort, fuhren hinten hinab, vorbei bei der Kirche und den Quellen. Im Sommer finden dort alle Feste statt, da es aufgrund der frischen Quellen und den vielen Bäumen angenehm kühl ist.

Die schmale Landstraße führte hinunter ans Meer, vorbei an Olivenhaine, links und rechts gesäumt von wilden Feigenbäumen, Brombeersträucher und Pinienbäume. Weiter unten wechselten sich Schafherden mit Weinfeldern ab. Die Trauben schimmerten satt und prächtig fast golden in der morgendlichen Sonne. In der Ferne war bereits das Meer als blauer Streifen am Horizont wahrnehmbar.

Unten nahmen wir die Auffahrt zur Aurelia (die alte Römerstraße) entlang der Küste, Richtung Orbetello. Nach zehn Minuten fuhren wir bei Capalbio wieder ab und kamen nach weiteren zehn Minuten zu einer Weinkooperative - einer Winzer Genossenschaft. Vater holte seine zwei großen 5L Weinflaschen aus dem Kofferraum. Während hinter uns ein ständiges Kommen und Gehen, besser gesagt fahren, stattfand, erwartete uns drinnen eine große Überraschung. Aber das ist eine andere Geschichte.

DIE WEINTANKSTELLE

Ich staunte nicht schlecht als wir die Vinothek betraten. In der Wand waren fünf Fässer eingelassen mit Digitalanzeige und einem Tankstutzen. Hier wurde Wein statt Kraftstoff getankt. Wenn dies nur immer so wäre, dachte ich. Wein statt Diesel tanken - schadstofffrei. Obwohl für viele von uns wäre dies wohl die ultimative Gewissensfrage, tanke oder trinke ich ihn nun? Da gäbe es wohl so manch bizarre Szene, wer hat schon wieder den Wein im Tank abgezweigt? Der tägliche Zweigelt für den Weg ins Büro.

Wir tankten zehn Liter „vino sfuso" nicht in den Tank, in die fünf Liter Flaschen. In der Vinothek wurden Weine und lokale Spezialitäten aus der ganzen Maremma angeboten für jeden Geschmack und jede Brieftasche. Natürlich konnte der Wein auch verkostet werden Wir verkosteten lieber die Wildschwein-Salami und den in Weinblättern gereiften Pecorino. Was soll ich sagen: „ein Gedicht."

Vater zahlte, lud den Wein sicher in den Kofferraum und wir fuhren weiter. Unter vielen Geschichten, Neuigkeiten aus unserer neapolitanischen Verwandtschaft emotional und begeistert vorgetragen, von Zia Anna und von uns nicht minder emotional, staunend und verwundert kommentiert. Eine halbe Stunde später fuhren wir durch Manciano, dessen Befestigungsanlage „La Rocca" bereits von Weiten sichtbar war.

Weitere zwanzig Minuten später, Vater war ein gemütlicher Fahrer, kamen wir zu den Thermen von Saturnia. Wir parkten den Wagen ganz in der Nähe. Das Wasser schoss von oben bei der Therme in breiten Strahlen hinab zu den Becken am Fuße der Hügel. Als ich ausstieg, konnte ich deutlich den schwefelhaltigen Geruch, der einen an faule Eier erinnert, wahrnehmen. Über den Hügeln des Albegna Tal thronte auf Travertinerfelsen die Thermenanlage Saturnia Sie gilt als eine der besten. Jährlich pilgern viele Urlauber und Erholungsuchende dorthin. Der Sage nach, vom römischen Gott Saturn als erste Stadt gegründet, in Wahrheit bereits bei den Etruskern unter den Namen Aurina und unter den Römern als Aurinia geschätzt.

Im Sommer ist es ein sehr beliebtes Ausflugsziel. Jetzt Ende Oktober waren wir, bis auf ein italienisches Urlauberpaar, ganz allein bei der alten Wassermühle, wo das 36° warme Wasser sich wie erwähnt in breiten Strahlen und über viele Stufen in den zahlreichen Becken verteilte.

Es war ein milder Herbsttag, wir entledigten uns unserer Oberbekleidung. Alle trugen bereits Badehose oder Badeanzug. Bikini war nicht zu empfehlen. Ich erinnere mich an ein anderes Mal, eine Dame mit Bikini, plötzlich saß sie barbusig vor uns, mein Vater, der ihr genau gegenübersaß, nahm ganz Gentleman like seine Brille ab und blickte dezent zur Seite, bis das rebellische Stoffteil wieder an seinem Platz saß.

Das Wasser wohlig warm, in einem breiten Strahl über den Rücken, wirkte wie eine Massage. Ich spürte langsam eine wohltuende Müdigkeit und Hunger aufsteigen. Ich fragte mich, wo wir wohl zum Essen einkehren würden.

GRAN PREMIO DI NAPOLI

Wie viele kleine Jungs waren mein Bruder und ich ganz versessen auf schnelle Boliden. Erinnere mich an eine Diskussion, auf unserem Balkon in Neapel. Wir sinnierten über Autos, die wir mal fahren würden, wenn wir erstmal groß wären. Meines konnte natürlich schon fliegen, ganz so wie die in dem Film „Das fünfte Element". Es kam dann nicht ganz so. Das Schicksal der zu früh Geborenen, aber wer weiß das schon oder wie die Chinesen sagen: „Mögest du in aufregenden Zeiten leben!" Abgesehen davon, dass es an Aufregung nie mangelte, zu keiner Zeit, existierten in unserer Welt nun mal nicht die besten, sondern die wirtschaftlichsten Lösungen. Kehren wir nun zu unserer eigentlichen Geschichte zurück, bevor ich ganz ins Land der Träume, Sehnsüchte und Utopien abtauche.

Eines Tages, schon in Österreich, waren wir am Sonntag still und heimlich abgehauen, um die schnellen F3 Boliden zu sehen, die im Rahmen einer Veranstaltung in den frühen 80ern gezeigt wurden, allerdings ohne den Eltern etwas zu sagen. Als Mutter das herausfand, gab es nicht nur schlechtes Gewissen auf Jahre hinaus, sondern auch ein Donnerwetter, das sich anfühlte wie ein F3

Bolide auf Slicks. Nachdem wir wieder etwas Bodenhaftung gewonnen hatten, erzählte uns Vater zum Trost seine Boliden-Geschichte und die hatte es wirklich in sich:

Es war der 8. Mai 1955, Vater war gerade mal 14 Jahre alt, und Autos waren damals so selten wie…

Tage zuvor hatten seine älteren Brüder ihm schon von den Plakaten und den schnellen Autos vorgeschwärmt, die beim „Gran Premio di Napoli" an den Start gehen sollten. Wie die Strecke von Monte Carlo wurde der Gran Premio mit den damaligen F1 Boliden auf der Straße von Posillipo über 4,1 km und 60 Runden gefahren. Mit Namen wie Juan Manuel Fangio oder dem unvergesslichen Italiener Alberto Ascari, die sich zu dieser Zeit ein Kopf-an-Kopf-Rennen um die F1 WM lieferten.

Ascari mit seinem Lancia D50 startete beim Gran Premio aus der Poleposition. Vater und seine beiden Brüder hatten sich ebenfalls davongeschlichen und standen nun oben an der Kreuzung Marechiaro. Die Rennstrecke war gesäumt von vielen neugierigen Menschen, die ganz nah am Geschehen sein wollten, wie es heute nur mehr bei manchen Rallye-Strecken möglich ist. Ascari gewann das Rennen in Abwesenheit von Fangio, nach 2 Std. 13 vor Musso auf Maserati und Villoresi ebenfalls auf Lancia.

Als Nonno bemerkt hatte, dass sich die drei Jungs still und heimlich davongeschlichen hatten, hieß es ohne Essen ab ins Bett und am nächsten Tag musste alles wieder eingearbeitet werden am Feld.

Dafür hatten sie aber eine unauslöschliche Erinnerung gewonnen.

Für Ascari war es sein letzter Sieg. Im darauffolgenden Preis von Monte Carlo machte er nach dem Tunnel einen Abflug und stürzte ins Meer, kam aber glimpflich davon.

Sein Leben verlor er am 26. Mai in Monza. Er testete den neuen schnelleren Ferrari. Der Wagen überschlug sich in der letzten Runde. Ascari war auf der Stelle tot. Der Ferrari hatte ihn zerquetscht wie eine Maus.

NAPOLI - DIE KÜSTE DES PAUSILYPON

Wie bereits an anderer Stelle erzählt, wurde ich in Neapel geboren. Meine Familie war und ist in ganz Neapel und dessen Umland sesshaft. Wir selbst wohnten im Stadtteil Posillipo in der Via Manzoni. Schon dieser seltene Umstand weckt in mir stets ein Gefühl der Dankbarkeit. Dankbar dem Schicksal gegenüber an so einem außergewöhnlichen Ort geboren und aufgewachsen zu sein.

Aufgewachsen an so einem magischen Ort, wo jeder Name und sei es nur der einer Straße, Namen großer Schriftsteller, Dichter und Sänger wie Manzoni, Petrarca, oder Dante tragen. Ein Ort beschrieben von Dichtern wie Goethe, besungen in Liedern, wie Marechiaro oder „O sole mio", die weit über die Grenzen dieser Stadt hinaus in die ganze Welt getragen wurden.

In Marechiaro, den malerischen Ort an der Küste Posillipos mit seinen Villen, die eine nach der anderen, aufgereiht wie Perlen an einer Kette entlang dieser malerischen Landschaft hinunter bis zum „Palazzo „Donn' Anna" in Mergellina thronen und ein unvergleichliches Schauspiel bieten, welches am besten vom Meer aus betrachtet werden kann. Der Stadtteil Posillipo dessen Name aus dem Griechischen „Pausilypon" im neapolitanischen „Pusilleco" genannt war bereits den Griechen Heimatstätte für erste Siedlungen.

Posillipo galt lange als ländliche Peripherie bis in unserer Neuzeit. 1812 bzw. 1824 wurden die ersten Straßen von Mergellina hinauf zu den Hügeln gebaut. Vom Hafen den Hügel hoch führt auch die Funicolare di Mergellina, eine Station der berühmten Zahnradbahn, die den Hügel einfach und schnell mit dem Hafen verbindet. Vater benutzte sie immer, als er noch am Hafen Kapitän war. Er erzählte oft, wie in den 70ern die Camorra in der Nacht kam und die schnellsten Motorboote stahl, um Zigaretten zu schmuggeln. Bis zu dem Tag, wo sie ihn selbst mit dem Tod bedrohten. So musste er seinen geliebten Hafen verlassen.

Von der Via Petrarca hinunter, gibt es diese wundervolle Aussicht auf den Golf von Neapel wie sie uns allen von den zahlreichen Postkartenansichten bekannt ist.

Auch von der Via Manzoni die parallel verläuft, hatte man eine wunderbare Aussicht, sowohl zum Golf als auch auf die Rückseite nach Pozzuoli. Dieser Blick wurde bis in die späten 80er vom italienischen Stahlwerk „Italsider" verstellt und verschmutzt. Ich erinnere mich noch an eine lustige Begebenheit die viele Neapolitaner bzw. die Bewohner Posillipos am Wochenende meist sonntags frönten und nach wie vor praktizieren.

Sonntag abends geht es die einzige Straße hinunter bzw. auch die Via Petrarca (für die romantischen Liebespaare) mit dem Auto, der Vespa, dem Motorino zum Hafen nach Mergellina mit seinen Cafés und den vielen kleinen Bars und Chalets zum Abendspaziergang dem Meer entlang unter dem Motto "sehen und gesehen werden."

So wird am Sonntagabend eine Strecke von zehn Minuten zum stundenlangen Geduldspiel. Aber irgendwie hat man das Gefühl, dass unter all dem Gejohle, Hupen und Lärm nur eines zählt: Das Ziel - der Golf von Neapel.

CINEMA POSILLIPO A NAPOLI

Napoli 1975. Wir wohnten in der Via Manzoni, am „Capo di Posillipo." Unsere Wohnung war im letzten Stock, in einem Palazzo aus den 30er Jahren ohne Aufzug. Sie war groß und für uns Kinder eine Spielwiese, denn die Räume waren im Kreis angelegt. Die Eingangstür war massiv, mit zwei Schlösser und einem Balkenschloss gesichert. Der Vorraum war lang und dunkel. Als Kinder hatten wir immer Angst vor dem Eingangsbereich, denn der einzige Lichtschalter befand sich genau dort. Wir haben diesen Bereich gemieden, wenn es dunkel war. Die übrigen Räume waren im Uhrzeigersinn angelegt, in der Mitte lagen die Küche und das Kinderzimmer. Auf unseren Tretroller trugen wir so manchen Giro aus - mein Bruder und ich.

Die Freude meiner Mutter darüber hielt sich naturgemäß in Grenzen. Auf der „Via Posillipo" wohnte Zia Maria, sie arbeitete in der Farmacia (Apotheke).

Die „Via Posillipo" ist über die schmale „Via Torre Ranieri" hinauf direkt mit der „Via Manzoni" verbunden. Dazwischen führt parallel zur „Via Posillipo" die Aussichtsstraße „Via Petrarca" ebenso hinunter zum Hafen. Wir hatten zwar auch einen „Qinquecento," später einen VW Käfer, damals ging man jedoch noch viel zu Fuß. Von Zuhause zu Zia Maria, die Via Posillipo entlang, einkaufen und dann hinunter nach Marechiaro zur Nonna.

Stadteinwärts gibt es auch einen Park. Nonno ging dort jeden Sonntag Boccia spielen. Im Park thronten links und rechts, je ein großer Löwe aus Bronze auf einem Marmorsockel. Eines Tages gab es einen Skandal als die riesigen Löwen über Nacht, verschwunden, ja gestohlen worden waren. Angeblich hatte niemand etwas mitbekommen. Weiter unten führt die „Via Posillipo", vorbei am imposanten „Palazzo Donn'Anna," einem Barockbau der direkt auf das Meer hinausblickt bis zu den kleinen Chalets, Bars und Ristoranti am Hafen von Mergelllina.

Einmal war ich mit Zio Enzo im Palazzo „Donn'Anna", damals befand sich wie gesagt ein Architekturbüro im Inneren (Siehe „Un Palazzo a Napoli".) Es gab keine Zwischendecken mehr und der riesige Raum war vollgestellt mit Zeichen- und Bürotischen. An den Wänden gab es ein Sammelsurium an kreativen, skurrilen und seltenen Gegenständen - viele maritimer Art, Bilder, Poster und Leuchten. Der Raum versprühte eine ganz eigene Aura, eine Energie, lebendig, fast organisch. Die Kreativität, die dieser Raum ausstrahlte, war wirklich imposant. Sollten Sie einmal nach Neapel kommen, buchen Sie auf jeden Fall eine Führung durch den Palazzo. Stadtauswärts, in Richtung Marechiaro hinunter gab und gibt es nach wie vor das „Cinema Teatro Posillipo."

Ich habe wunderschöne Erinnerungen an dieses Kino. Jeden Mittwoch war Kindervorstellung und mit unserer Mutter haben wir dort alle Walt Disney Klassiker, von Bambi über Schneewittchen bis zu Robin Hood, gesehen.

Das war mein persönliches „Cinema Paradiso", meine Liebe zum Kino. Später kamen die Bud Spencer Filme (siehe mein Buch Futtetènne) und die Viennale in Wien dazu.

EIN SOMMER IN NEAPEL

Sommer 1990.

Gerade war ich mit meiner Buchhändlerlehre fertig und vor der Einberufung zum Heer wollte ich den Sommer noch einmal genießen.

Wir riefen meinen Onkel, Zio Enzo in Neapel an. Er ist Künstler und Professor. Bei der einen Hälfte der Familie galt er als das schwarze Schaf bei der anderen als Freigeist, Philosoph und Vorbild. Als Jugendlicher habe ich viel gelernt von ihm. Er war meinem Vater sehr ähnlich, obwohl mein Vater doch ganz anders war. Sie waren wie Brüder und beide Neapolitaner.

Bei Zio Enzo waren immer alle Türen offen, für alle und jederzeit! So setzte ich mich in den Zug und fuhr nach Neapel. Zio Enzo lebte auf dem alten Bauernhof meines Großvaters, wo er seine Wohnung und Atelier eingerichtet hatte.

Damals besaß er in etwa dreißig Katzen. Sie waren den ganzen Tag nicht zu sehen, der Bauernhof war groß genug und ringsherum ebenso alles grün. Das Meer war nicht weit.

Einmal am Tag gab es einen Riesenteller Spaghetti. Plötzlich waren die Katzen alle wie bestellt auf der Terrasse und warteten. Es war eine wirklich raue Bande. Da fanden sich alle Typen, die man sich nur vorstellen konnte: der Muskel bepackte durchtrainierte Kater, der Charmeur, wir nannten ihn Marcello, er strich einem immer um die Beine, dann war da Mister Cool, der so tat als würde ihn all das nichts angehen und er nur per Zufall anwesend wäre, um ein "paar Spaghetti fatti in casa" zu kosten. Nur die auffälligen Katzen hatten einen Namen, geduldet waren aber alle und so waren es mal mehr mal weniger.

Capo dieser wilden Truppe war eine Katze, die Matriarchin. Eine Tigerkatze namens Cesare, die meinem Onkel Enzo das Privileg erteilt hatte, sie streicheln zu dürfen. Andere wurden von ihr nicht mal ignoriert.

Zio Enzo kam mit den Spaghetti auf die Terrasse und sofort stürzte sich die Meute über den Teller und die Köpfe erhoben sich erst, als der riesige Teller leer war. Sie wirkten wie ein einziger lebender Organismus.

Eines Tages, es war Wochenende und wir waren nicht ans Meer gegangen, denn da waren zu viele Leute, troppa muina... So genossen wir den Nachmittag auf der Terrasse als eine Katze auf die Terrasse kam mit einer Ratte im Maul. Zum Spielen oder wie Katzen eben so sind - als Dank für die Spaghetti!

Die Ratte noch nicht tot, sah ihre Chance zu fliehen und stürzte sich in ein Rohr, dass die Terrasse mit dem Atelier verband, um einfach und schnell aufwaschen zu können. Nun steckte sie in diesem Rohr. Wie bekommen wir sie da wieder raus ohne, dass sie in die Wohnung gelangen konnte. Mein Onkel kam auf die glorreiche Idee, sie auszuräuchern.

So nahm das Drama seinen Lauf auf der einen Seite Rauch, auf der anderen Seite, am anderen Ende des Rohres, eine Meute von 30 Katzen und jede/r versuchte einen Blick auf die Ratte zu erhaschen. Irgendwann kam für die Ratte der Point of no Return. Es gab nur einen Weg hinaus. Ein tollkühner Sprung ins Freie. Hinter ihr ein Organismus aus 30 Katzen die Stufen hinunter, eine Staubwolke! Sie kam bis zur zweiten Kurve. Als alles vorbei war, fanden wir nur mehr Füße und Schwanz der Ratte.

ZIO ENZO FEIERT GEBURTSTAG

Als junger Mann war ich zu meinem Geburtstag meist unterwegs, irgendwie war mir diese „Feierei", dieses beschenkt werden und der Trubel um meine Person peinlich. Ich mochte es nicht, im Mittelpunkt zu stehen. Damals ahnte ich noch nicht, dass ich in der Person von Zio Enzo hier meinen Meister finden sollte.

Wir feiern beide unseren Geburtstag im September. Er eine Woche nach mir. Es war im Sommer 1990 in Neapel (siehe auch "Ein Sommer in Neapel"). Wie mein Vater, ist Zio Enzo 1940 geboren, also war es sogar sein 50. Geburtstag. Damals hatte er eine Partnerin und zu dieser Zeit räumte er sich selbst noch einige Ausnahmen ein. Soll heißen: er hielt sich teilweise noch an die Spielregeln der Gesellschaft, denn im Grunde ist er ein Nonkonformist, der seinen Weg geht, nicht im egoistischen Sinne, aber im Sinne eines Künstlers, eines Freigeistes.

Er war und ist schwer einzuordnen.

Damals wußte ich das noch nicht so genau. Ich mochte seine Art zu leben, denn es ist keine invasive, energiesaugende Art, man könnte einfach sagen er liebt und lebt den Frieden in seiner Welt. Eine Woche vor seinem Geburtstag rätselten wir alle über ein geeignetes Geschenk für Ihn. Es war schwer, er braucht keinen Luxus, als Professor hatte er gut verdient und konnte sich alles leisten, was er zum Leben und für seine Arbeit als Künstler benötigte. Er hat zwei Söhne, meine beiden Cousins Luca und Giugliano. Sie haben alle viel Humor, nehmen die Menschen wie sie sind, fast wie es nur ein Tier kann. Bei Ihnen zählte nie das was du hast und so machen sie sich alle nichts aus Besitz.

Wie gesagt, wir rätselten über ein geeignetes Geschenk: was macht er gerne, er raucht, er malt, er kocht, isst gerne, trotzdem immer sehr schlank gewesen, wie einer dieser äthiopischen Marathonläufer, die nur aus Knochen, Sehnen und Muskel bestehen.

Ja das ist es, er kocht so gerne! Wir schenkten ihm einen BBC Griller für die Terrasse. Gesagt getan, kauften wir einen dieser Kugelsmoker, die gerade auf den Markt kamen. Wir waren sicher, die richtige Wahl getroffen zu haben. Der Geburtstag kam, viele Leute waren da. Die meisten ohne Geschenke! Ich wunderte mich ein wenig, ahnte aber noch nicht warum. Wir aßen gut, danach gab es Zitronentorte e caffé. Wir holten unser großes verpacktes Geschenk.

Plötzlich: "Nein, was habt ihr gemacht." Rasch packte er es aus, sah den BBC, wurde wütend und sagte zu seiner Freundin: „Den kannst du morgen sofort wieder zurückbringen! So etwas brauche ich nicht!" Er ging die Terrasse hinunter, holte einen alten, durchlöcherten Eisenkübel voller Grillkohle und sagte zu uns: „Das ist mein Griller und mehr brauche ich nicht, mehr will ich nicht." Später als alle gegangen waren, entschuldigte er sich bei uns dafür, etwas wütend geworden zu sein und sagte zu mir: „Komm ich zeig dir etwas."

Wir gingen zu einer Tür, er öffnete sie. Es war der Abstellraum, der bis oben hin voll, mit verpackten Geschenken, das älteste das ich sah war fünf Jahre alt. Wir lachten alle.

Am nächsten Tag brachten wir den BBQ wieder zurück.

MIZAR - DER KATER AUS ISCHIA

Wir waren frisch verliebt, seit einem halben Jahr verheiratet. Unser erster gemeinsamer Italienurlaub. Ich wollte meiner Frau das Paradies meiner Kindheit zeigen.

Als Kind waren wir jeden Sommer auf Ischia, meine Mutter, mein Bruder und ich. Meistens war auch immer irgendeine Tante, Zia Anna oder die Oma aus Wien, dabei. Aber ich schweife ab. Nun ich wollte meiner Frau dieses Paradies zeigen und so fuhren wir mit dem Zug von Wien nach Neapel.

Ich liebe Zugfahren, empfand es immer als Abenteuer und es war immer sehr abwechslungsreich. Der Schaffner aus Rom, der ein paar Wörter Deutsch brauchte für seine Freundin in Wien, dieses Gefühl von Aufbruch, von Freiheit, Abschied und in der Ferne neues entdecken.

In Neapel angekommen, raus aus dem Bahnhof, ein Taxi suchen, das uns zu den Aliscafi brachte, die auf Ischia übersetzten. Ich war auch schon mit der Fähre gefahren, aber die braucht etwa eineinhalb Stunden, auch schön, aber meine Frau hatte es eilig. Sie wollte in den Urlaub.

Auf Ischia angekommen und nach einer anfänglich etwas erfolglosen Quartiersuche, fanden wir doch meine ehemalige Familienpension direkt am Strand. Unser Zimmer mit Blick auf das Kastell Aragonese. Meine Frau: „Dort müssen wir hinauf!" Ich erwiderte: „Ja ja, das machen wir...!" September 40° viel Spaß... es sollte besser kommen...

Wir lagen unten am Strand, die Sonne schien uns auf den Bauch ich dachte bereits an den Fisch zu Mittag. Danach einen Caffé und eine Partie "Briscola" mit Giovanni. Als plötzlich ein markerschütterndes Miauen zu hören war und eine kleine Katze mit rotzigen Augen vom Berg hinunterkam genau vor die Füße meiner Frau, die bisher "mir kommt kein Tier ins Haus", nun zum Rettungskommando mutiert und es sich zur Aufgabe macht dieses Kätzchen zu retten.

Wir gingen zu Aldo, er sagte: „Ach, die ist krank und doch schon fast tot!" Dies übersetzte ich lieber nicht. Nichtsdestotrotz überreichte er meiner Frau eine Alice (Sprotte), welche die Katze mit Butzen und Stängel (im Ganzen) runterschlang, obwohl der Fisch fast länger war als sie.

Nun kam es dick: „Katzenstreu, Katzenklo, Futter und natürlich, die Katze nehmen wir mit nach Wien!" Also Tierarzt suchen, bei 40°

den steilsten Berg von ganz Ischia erklommen, Tablette, Spritze in 14 Tagen wieder kommen...

Kurz vor unserer Abreise wieder hin, Papiere für die Ausfuhr erhalten, im Zug der italienische Schaffner,: „Ah un gatto che carino" - eine Katze wie süß, der Österreicher: „Papiere bitte!"

In Wien angekommen, stiegen wir am Südbahnhof aus, unsere Eltern und Schwiegereltern holten uns ab. „Ihr seid ja verrückt", war noch die netteste Begrüßung.

Wir nannten den Kater anschließend Mizar, so hieß das einzige Katzenfutter, das wir auf Ischia fanden. Mizar liebte Essen, er aß alles, am liebsten Oliven. Wenn etwas nur nach Olive roch, war er nicht mehr zu bremsen. Und ein richtiger Italiener, am liebsten wäre er beim Tisch dabei gesessen mit Messer und Gabel, danach einen guten Schluck Wein. Mizar war wie ein Mensch, er redete sogar und er redete viel. Ein echter Süditaliener eben.

DON VITO - DER KAPITÄN

Wie bereits erzählt, war mein Vater in der Küche eine Macht! Nicht nur beim kochen, hier kann ich es ja sagen, Vater konnte besser kochen als meine Mutter. Nicht nur kochen, nein, die Küche war sein Reich. Dies trug sicher dem Umstand Rechnung, dass er viele Jahre, die meiste Zeit zu zweit, auf einer Yacht als Kapitän verbracht hatte zusammen mit Carlo seinem Seemann. Auf einer Yacht muss man Ordnung halten, multitaskingfähig sein, sonst fliegt einem alles um die Ohren. In den Sechzigern waren sie im ganzen Mittelmeer unterwegs, zu einer Zeit als der Massentourismus so weit entfernt war, wie eine Reise zum Mond.

Er wusste viele Geschichten zu erzählen, Unwetter mit Wellen so hoch wie ein fünfstockiges Haus, über illustre Orte wie Nizza, Portofino, Capri, Cannes oder Monte Carlo. Beim Filmfestival in Cannes zwischen der Yacht von Onassis und Kirk Douglas. Reichtum ist ein Fluch, sagte er oft, es gibt immer jemanden der reicher ist als du…

Diese Erkenntnis hat ihn Zeit seines Lebens geerdet durch all die Jahre. Er hatte viel gesehen, Stelio merk' dir eines: „Sie kochen alle nur mit Wasser!" Sagte er immer.

Wie erwähnt, meistens waren sie auf der Motoryacht allein, wenn der Chef der "Ingegnere" anrief, er müsse dort und dorthin oder sie sollten ihn von da und da abholen, dann waren sie unterwegs, - Männer unter sich. Einmal erzählte er, wie sie auf allen Vieren, den ersten FKK-Strand in Frankreich auskundschafteten. Eine Sensation! Sie näherten sich vom Meer, splitternackte Menschen, in Italien der Sechziger unvorstellbar. Zurück auf der Yacht, waren sie alle drei von Seeigel zerstochen.

Mühsam war es nur mit der Frau vom Ingegnere, die ihren "Reichtum" zur Schau stellen wollte, aber bald und oft ihren Meister fand, im Reich der Reichen. Meist war sie in den Sommermonaten für ein paar Wochen auf der Yacht mit der Familie. Wir haben ihn später, in den Siebzigern oft besucht, im Hafen von Mergellina. Einmal habe ich die Uhr von Carlo versteckt und half dann mit, sie zu suchen. Natürlich wurde sie nicht gefunden. Als die Suche abgebrochen wurde, öffnete ich stolz den Kühlschrank und präsentierte die Uhr. Ich war sechs Jahre alt. Nun wieder zurück in die Küche, also wie gesagt die

Küche war sein Reich. Nicht nur, dass er die komplette Küche selbst gebaut hatte, (er war handwerklich sehr versiert) inklusive Fliesen, Abwasch, Abzugshaube - einfach alles.

Geschirrspüler gab es keinen in der Küche, denn mein Vater hatte sich strikt geweigert. Das Geschirr waschen übernahm er, über vierzig Jahre lang. Für ihn hatte es etwas Meditatives, er beherrschte es in Vollendung zu kochen und währenddessen das Geschirr zu waschen, wegzuräumen. Essen fertig - Küche sauber.

Wenn Mutter meist am Wochenende kochte, sagte er immer im Spaß: "un macello" - die Küche sei ein Schlachtfeld. Sie musste aber nichts machen, das war der 50/50 Haushalt meiner Eltern, die Küche war sein Reich. Als Vater mit fast 70 an Lungenkrebs starb, kam meine Mutter wieder nach Österreich, sie liebt Ihren Geschirrspüler und jedes Mal, wenn sie ihn einräumt, muss sie an meinen Vater denken. Ciao Don Vito!

DIE NEAPOLITANISCHEN WEIHNACHTSDETEKTIVE

Alle Jahre wieder kommen nicht nur das Christkind wieder, nein auch die Ungeduld und Neugier, welche Überraschung zu Weihnachten wohl unter dem Baum liegen wird. Dies gilt für alle Kinder und manch Erwachsenen, die Weihnachten feiern.

In unserer Kindheit in Neapel kam am 24. Dezember immer der „Babbo Natale". Naturgemäß hat der Babbo Natale, der Weihnachtsmann, zur Vorweihnachtszeit sehr viel zu tun. So erklärte es uns unsere Mutter, als wir einmal ein paar Tage vor der Bescherung in der Besenkammer zwei riesige bereits verpackte Geschenke erspähten.

Um uns abzulenken, erklärte uns Mamma, sie helfe dem Babbo Natale und da er im vorweihnachtlichen Trubel unsere Briefe schon so früh erhalten hatte (wir schrieben immer Briefe am ersten oder zweiten Advent mit unserer Mutter, schnitten Fotos aus von unserem Lieblings-Wunsch-Spielzeug und legten die Briefe Sonntagabend auf das Fensterbrett. Nächsten Morgen - oh

Zauber - waren die Briefe weg. Ja, die hatte Babbo Natale geholt).

Er hatte die Geschenke bereits in der Besenkammer gelagert, damit die armen Rentiere nicht so schwer schleppen mussten. Klang einleuchtend für uns Stöpsel - die armen Tiere!

Nun wurden wir natürlich von Jahr zu Jahr älter und hatten bereits da und dort seltsame Gerüchte aufgeschnappt. Ihr wisst schon: „Babbo Natale gibt es nicht, alles fake news, Kinder glaubt Ihnen nicht, wer holt denn dann die Briefe?" Die Geschenke lagen auch jedes Jahr in der Besenkammer, seltsamerweise nun ganz oben und abgesperrt war sie auch - die Besenkammer.

Unsere Ungeduld war sehr groß und wurde nur von unserer Neugierde übertroffen. Wie bereits erwähnt, im Duo waren wir unschlagbar. Mit Zeit und Geduld erkundeten wir das Versteck des Schlüssels aus und als wir unsere Mutter eines Nachmittags endlich müde gespielt hatten, nahm sie sich eine kleine Auszeit und schlief ein wenig. Das war unsere Chance! Zum Glück lag das Schlafzimmer am anderen Ende der Wohnung.

Leise machten wir uns ans Werk und öffneten die Tür der Besenkammer. Nachdem wir die kleine Haushaltleiter aufgestellt hatten, schickte mich mein Bruder Wache halten. Vorsichtig versuchte er, „lo scotch" (das Klebeband) zu lösen. Kurze Zeit später tippte er mir von hinten auf die Schulter und deutete ganz aufgeregt: „mitkommen!"

Er hatte unsere Weihnachtsgeschenke so weit geöffnet, dass wir den riesigen "GruGru" - einen Kran auf einem LKW erspähen konnten. Da war er der Beweis: Babbo Natale hatte unsere Briefe abgeholt und niemand anderer. Ich ging schnell wieder auf meinen Wachposten und mein Bruder stellte alles wieder zurück. Jahre später erfuhren wir, dass es meiner Mutter natürlich aufgefallen war, da das Klebeband nicht mehr so gut hielt. Sie aber auch nichts sagen wollte, da sie uns unseren Glauben an Babbo Natale noch eine Weile erhalten wollte.

Grazie Mamma!

Natürlich blieb dies nicht unser letztes Mal in Österreich, wurden wir von Jahr zu Jahr besser und erweiterten unsere Bemühungen auch auf vorweihnachtliche Köstlichkeiten.

DER TRAUM VOM MEER

Abenddämmerung, sitze am Balkon und blicke hinunter in die Ebene. Alles ist ruhig, fast alles. Im Baum nebenan letztes Vogelgezwitscher, bevor auch dieses für den heutigen Tag verstummt. Unter mir das stetige Brummen eines Rasenroboters, der stoisch seine Bahnen zieht. Abend für Abend auf dem Nachbargrundstück. Die Dämmerung weicht langsam, aber sicher der Dunkelheit, am Firmament erscheinen spontan die ersten Sterne, ganz so als hätte jemand den Schalter umgelegt. Während die Dunkelheit sich weiter ausbreitet, nimmt die Zahl der Sterne am Abendhimmel zu.

In der entfernten Ebene sind nun ebenso die Lichter angegangen. Das kleine Dorf wirkt wie ein schimmernder Organismus im stetig pulsierenden Licht eingebettet wie ein Herz zwischen sanften, nur zu erahnenden Hügeln, deren Umrisse in mehr oder minder starken Abstufungen von dunklem Grün bis hin zu schwarz diese sanfte Landschaft bilden. Die Nacht schafft Raum für Interpretation und lenkt den Focus auf das Wesentliche.

Gedanken entschwinden in die Welt der Fantasie und der Vorstellungskraft. Da wird der kleine Ort in der Ebene plötzlich zum Fischerdorf direkt am Meer, deren Straßenlaternen mutieren zur Uferpromenade den Strand entlang, die Lichter der Wagen werden zu kleinen Fischerbooten, die im Schutz der Nacht hinausfahren, ihre Netze ausbringen, und während in der Ferne ein Gewitter tobt, begleitet von Blitzen und fernen Donnergrollen, meine ich vermeintlich den Duft einer frischen Meeresbrise zu spüren.

Still ist es geworden, die zahlreichen Sterne geben sich ein Stelldichein, flackern und glitzern um die Wette, wecken Sehnsucht nach Ferne und Unbeschwertheit.

Vollends versunken in meiner Vorstellung genieße ich diese Komposition aus Wirklichkeit und Fantasie. Die Grenzen sind fließend, wo vor mir eben noch leere dunkle Nacht nun Raum für Fantasie und Gefühle entstanden. Während ich noch „Morgen geh ich an den Strand", denke, entschwindet mein Bewusstsein langsam und leise in den Hintergrund, die friedliche Stille wandelt sich unbemerkt in Schlaf. Nach zwei Stunden erwache ich wieder, fühle mich erholt und denke mir: „Schön war es am Meer!"

DAS UNTERIRDISCHE NEAPEL

Eine Sensation der Neuzeit erwartet Besucher wie mich unter den Gebäuden und Straßen im Zentrum Neapels. Ein Schlund öffnet sich und führt uns hinab in eine andere Welt - in das unterirdische Neapel. Die faszinierende Reise beginnt, etwas abseits der großen „Piazza del Plebiscito." Ich fühle mich zurückversetzt in eine längst vergangene Epoche. Wir betreten ein Momentum. Hier unten stehen die Zeiger still und konservieren ein Gefühl, ein Bild, eine Welt längst vergangener Generationen.

Es ist Freitagnachmittag. Meine Cousine hat mich eingeladen auf diese, selbst mir noch unbekannte Reise in den Untergrund, den Bauch dieser einzigartigen Stadt. Wir steigen zahlreiche Stiegen hinunter in die „Galleria Borbonica!" Neapel, seit jeher untergraben mit Höhlen aus Tuffstein, die ihren Ursprung in vulkanische Aktivitäten finden, verbunden mit zahlreichen Erdbeben. Die Geschichte zu unserer heutigen Führung beginnt wesentlich später: Sie wurde von den Bourbonen König Ferdinand der II. 1853 in Auftrag gegeben.

Dieser beauftragte den Architekten Errico Alvino, eine unterirdische Verbindung zu bauen nicht aus Weitsicht, wie etwa die erste Bahnverbindung Europas, die von Neapel nach Portici zum Palast der Bourbonen führte, zur "Sommerfrische". Das Projekt wurde vielmehr aufgrund militärtechnischer Überlegungen in Auftrag gegeben. Er sollte den „Palazzo Reale" hinunter zu der „Piazza Vittoria" am Meer verbinden, denn dort standen die Kasernen mit den Besatzungstruppen. So sollte sichergestellt werden, bei Tumulten und Aufstände Soldaten schnell vor Ort zu haben. Beim Bau stieß man jedoch auf zahlreiche Hindernisse und Entdeckungen. Nach 200 Meter etwa auf die erste große Halle, eine weitere folgte bereits nach 45 Meter.

Der Tunnel selbst kam nicht bis zum „Palazzo Reale", denn bereits 1855 wurden die Arbeiten aus ökonomischen Gründen eingestellt. 1860 kam Garibaldi, einte Italien und die Bourbonen reihten sich ein in die Liste ehemaliger Besatzer. Sie wurden Geschichte. Das unterirdische Projekt selbst hat eine Länge von insgesamt 430 Meter, weist teilweise eine Höhe und Breite von 12 Meter auf und obwohl er mehrere Hallen miteinander verbindet, geriet er in Ermangelung eines Ausgangs in Vergessenheit bis zum II. Weltkrieg.

Als wir die erste große Halle betreten, sehe ich mich in einem Raum mit zahlreichen Gegenständen des Alltags: Tische, Betten, Schuhe, Kochutensilien. Alle zusammen schaffen ein Bild, ein Kuriosum, stumme Zeugen tausender Menschen, die sich hier unten während der Bombardierung im II. Weltkrieg in Sicherheit gebracht hatten. Es wirkt nicht wie ein Bunker, sondern vielmehr war dies eine Stadt unter der Stadt. Im Zuge dieser Nutzung wurden zahlreiche zusätzliche Ein- und Ausgänge gebaut.

Eine wundervolle unterirdische Reise, die man jedem, der nach Neapel kommt, nur empfehlen kann.

UNTERHALTUNG AUF ITALIENISCH

Diejenigen unter uns, die bereits einmal in Italien waren, wissen, dass die Italiener bekanntlich gerne und gut essen … ja das auch, aber heute geht es nicht ums Essen, es geht um die Kommunikation. Sie lieben es, ihre Unterhaltung mit zahlreichen, teilweise weit ausholenden Gesten und Gesichtsausdrücken zu begleiten.

Will man etwas mit einer bestimmten Bedeutung sagen, „betont" man diese gerne mit der passenden Handhaltung. Diese Symbole dienen nicht nur Kommunikation, sie können auch eine Handlung andeuten, die kurz bevorsteht oder für eine stehen, auch anstatt etwas, das eben lieber unausgesprochen bleiben sollte … oder schlimmer noch, für etwas wofür es keine Wörter gibt. Eine dieser Varianten ist der „Gehörnte". Mit dieser sollte man in Italien sehr vorsichtig sein und sie nur unter Bedacht einsetzen.

Dann gibt es auch zahlreiche Gesten, die mehrere Bedeutungen haben können und oft auch eine geheime Symbolik verbergen. Zum Beispiel, wenn man alle Finger mit dem Daumen zusammenzieht und entweder nur mit einer Hand auf und ab deutet, was so viel heißt wie: „Was willst denn du … oder „was behauptest du da?" Sie kann aber auch je nach Situation und

Umgebung als Aufforderung oder Herausforderung verstanden, mit der passenden Mimik dazu kann es auch als Absage gedeutet werden. Zum Beispiel von einer jungen Frau oder einem jungen Mann abwertend gemeint sein: „Na schau dich an, was willst du von mir?" Die gleiche Bewegung mit beiden Händen zum Kinn geführt unterstreicht oft eine Tragödie oder ein großes Missgeschick, ganz nach dem Motto: „Stell' dir vor, was passiert ist!" Neben vielen harmlosen gibt es gerade im Süden Gesten und Mimik, die nur für Insider gedacht sind. Entweder zu bestimmten Anlässen oder auch unter bestimmten Menschen und Gruppen praktiziert werden. Sie dienen zur Identifikation, geben Auskunft über die Zugehörigkeit zu einer Gruppe, dies kann ein Fußballklub aber auch die Camorra sein.

Eine heitere Episode erzählt meine Mutter immer wieder,: „Mamma, die Geschichte hast du schon so oft erzählt …" (wer kennt das nicht), aber Sie wehrte Leser kennen sie noch nicht.

Mutter lag im Spital und hatte gerade ihr erstes Kind auf die Welt gebracht - nämlich mich. Die Frau neben ihr, eine junge Bäuerin von den Bergen landeinwärts, war nach Neapel in die Klinik gekommen, um ebenso zu entbinden. Sie bekam Besuch.

Als dieser wieder gegangen war, wandte sich die junge Frau meiner Mutter zu und fing bitterlich an zu weinen. Nichtsahnend fragte sie sie, warum sie so weine, es sei doch alles in bester Ordnung. Darauf erwiderte diese: „Gar nichts ist in Ordnung Signora, haben sie denn nicht gesehen? Meine Schwiegermutter ist ganz in Schwarz gekommen mit einem Kopftuch, hat mir die mitgebrachten Blumen zu den Füßen hingelegt und mich dann auf die Stirn geküsst, als ob ich schon tot wäre! Das ist ein böses Omen!" Meine Mutter konnte sie nach und nach beruhigen. Also aufpassen und ich wünsche Ihnen noch viel Spaß bei ihrem nächsten Italien Aufenthalt!